감염인간, 낸즈

문상온 장편소설

감염
인간,
낸즈

Not Alive
Not Dead
Syndrome

이지북
EZbook

차례

어느 날, 질병관리청 연구팀에 근무하던 나상일 박사가 홍역 바이러스를 이용한 암 치료제 '캔서큐어'를 완성했다. 소아암에 걸린 아들을 치료하기 위해 개발한 약이었다. 하지만 불행하게도 캔서큐어는 실패로 돌아갔다. 아들은 코마 상태에 빠졌고, 임상 실험에 참여했던 암 환자 열 명 모두 숨을 거두었다.

하지만 비극은 여기서 끝이 아니었다. 캔서큐어가 비밀리에 유출되고, 유출된 캔서큐어를 맞은 암 환자도 모두 숨을 거두었다. 그리고 그들은 다시 살아났다. 변이 바이러스에 감염되어 산 자도 죽은 자도 아닌 '낸즈(Not Alive, Not Dead Syndrome)'가 된 것이다.

세상은 아비규환으로 변했다. 낸즈는 살아 있는 사람

을 무차별적으로 감염시켰고, 사람들은 생존을 위해 낸즈와 끔찍한 전쟁을 시작했다.

1

계엄군은 힘겨운 전투 끝에 낸즈를 도시 성벽 밖으로 몰아냈다. 낸즈를 피해 전국 각지에서 도시로 피난민이 몰려들었고, 이들에게는 임시 수용소가 필요했다.

계엄 사령부의 명령을 받은 박흥범 대령이 교도소에 설치된 임시 수용소에 소장으로 임명되었다. 수용소는 발 디딜 틈 없이 사람들로 가득 차 하루가 멀다 하고 소장을 찾는 이가 많았다. 그들은 소장에게 뇌물을 주려 하거나 인맥을 내세워 하루빨리 수용소를 벗어나려고 안간힘을 썼다.

박흥범은 소장실로 들어오자마자 얼굴이 일그러졌다. 민간인 한 명이 소장실 한가운데에 놓인 소파에 떡하니 앉아 있었기 때문이다. 박흥범은 한눈에 그가 국회부의장까지 지낸 국회의원이라는 걸 알았다. 박흥범은 소장실 안에서 국회의원과 함께 담소를 나누던 보좌관인 최 소령을 노려봤다. 보좌관은 자신이 무슨 짓을 했는지 아는 눈치였다. 그가 슬그머니 자리에서 일어나 박흥범 앞에 서자 박흥범은 다짜고짜 보좌관의 정강이를 걷어찼다. 보좌관은 아픈 정강이를 매만지다 다시 부동자세를 취했다.

"뭐 하는 거야?"

"저, 이분은……."

박흥범은 보좌관의 말이 끝나기도 전에 다시 정강이를 걷어찼다. 보좌관은 신음과 함께 뒤로 물러섰다가 부동자세를 취했다.

"시정하겠습니다."

"소장, 나 전직 국회부의장이요. 오늘 안으로 도시로 좀 들어갑시다. 국가 안보를 위해서 처리할 일도 있고 해서…… 나와 내 가족을 도시로 들여보내 주면, 내 보답하리다."

식은땀을 흘리는 국회의원의 말이 끝나자마자 박흥범이 보좌관을 노려봤다.

"부의장님, 그만 나가셔야겠습니다."

보좌관이 국회의원에게 말을 전했다. 국회의원의 얼굴

이 붉으락푸르락하며 자리에서 일어났다. 그는 박흥범을 험악하게 노려보며 한마디 했다.

"대령 주제에 감히 나를 무시해? 두고 봅시다."

보좌관이 국회의원을 데리고 소장실을 빠져나갔다. 박흥범은 불쾌함을 느낄 새도 없이 위병장교의 연락을 받고 수용소에 새로 들어온 피난민을 시찰하기 위해 연병장으로 나갔다. 버스에 실려 온 피난민들이 수용소 연병장에 내렸다. 의무병들이 줄을 선 피난민들의 감염 여부를 검사하기 시작했다. 그때 한쪽에서 소란이 일어났다.

그곳에 한 일가족이 있었다. 엄마가 잠든 아이를 끌어안고 있었고, 아버지로 보이는 사람은 경비병들에게 제압당해 손이 뒤로 묶여 있었다. 그도 예외는 아니었다. 자신의 가족을 도시로 들여보내 달라는 말을 했다. 박흥범은 애써 무시하며 지나치다 발걸음을 멈춰 세웠다. 자신이 질병관리청 연구원이라고 밝힌 그가 아들이 바이러스 면역항체를 가지고 있고 이 사실을 질병관리청에 알려야 한다며 애원했다. 박흥범은 아이를 꼭 끌어안고 있는 엄마와 눈이 마주쳤다.

"아이 아빠는 나상일 박사입니다. 우리 아이가 면역항체를 가지고 있다고요."

아이 엄마의 마지막 말이 박홍범의 귓전을 파고들었다. 하지만 불과 며칠 전에도 바이러스를 이겨 낼 수 있는 비법을 알고 있다며 자신을 연구소에 데려가 달라고 울부짖는 약초꾼이 있었다. 또 자신을 성자라고 밝힌 이는 신의 계시를 받아 바이러스를 기도의 힘으로 치유할 수 있다며 도시로 들여보내라고 외치기도 했다. 수용소에는 각양각색의 피난민이 모여들어서 이들의 사연을 모두 다 들어 줄 수도 확인할 수도 없었다.

연병장을 막 벗어나려 할 때, 얼굴이 하얗게 질린 경비병이 수용소 A동에 낸즈가 나타났다고 급히 보고했다. 수용소에 들어온 바이러스 보균자는 다름 아닌 국회의원 가족이었다. 불행 중 다행히 낸즈화가 진행된 국회의원 가족은 수용소로 격리되어 있었다. 그러나 경비병은 떨어지지 않는 입을 간신히 벌려 말을 이었다.

"보좌관님과 의원님이 보이지 않습니다."

박홍범은 지체 없이 모든 수용소를 봉쇄하고 대응 병력을 편성하라고 명령했다. 보좌관과 의원만 빨리 확보하면 피해가 크지 않을 거라는 판단이 들었다. 누군가 선제 보고를 한 덕에 계엄 사령부에도 이 사실이 알려졌다. 그런데 계엄 사령부에서 날아온 명령은 가히 충격적이었다.

냔즈가 나타난 A동 피난민을 모두 제거 후 소각하라는 것이었다. 냔즈가 되지 않은 멀쩡한 사람까지 학살하라는 끔찍한 명령에 박흥범은 갈등했다. 전시 중 군인은 명령을 수행할 뿐, 그 명령의 옳고 그름을 따질 수 없었다. 하지만 그는 상부의 지시를 거절했다. 군인이기 전에 한 인간으로서 상부의 부당한 명령을 따를 수 없었다. 박흥범은 사태를 파악한 후 선별적으로 조치하겠다고 보고했다.

곧바로 수용소에 수송 헬기 한 대가 착륙했다. 계엄 사령부에서 마상필 소령이 계엄군 한 개 소대를 이끌고 수용소로 들이닥친 것이다. 그는 계엄 사령관의 오른팔로 권력이 대단한 자였으나, 위아래가 없는 안하무인이었다. 마상필은 수용소 소장 박흥범 대령을 보직에서 해임시키고, 직접 작전을 수행할 참이었다. 예상대로 보직에서 해임당한 박흥범은 계엄 사령부로부터 소환 통보까지 받았다. 박흥범은 자신의 행동에 후회는 없었다. 다만, 자신이 사람들을 지킬 수 있는 힘이 없음을 원망할 뿐.

소장실에서 담담하게 짐을 싸던 박흥범은 갑자기 어디론가 전화 한 통을 걸었다. 통화를 마친 박흥범은 싸던 짐을 내던지고 수용소 B동으로 발걸음을 재촉했다. 그는 방금 보았던 아이 엄마의 말이 마음에 걸려 질병관리청에 확인 전화를 걸었다. 나상일 박사라는 자의 말은 사실이었다. 그렇다면 그의 아들이 바이러스 면역항체를 가지고 있다는 말도 사실일 것이다. 박흥범은 나상일 박사를 수용소에서 불러냈다.

박흥범은 나상일 박사 가족을 데리고 서둘러 B동을 빠져나와 지프를 타고 수용소 정문을 향했다. 다행히 수용소 내에서 박흥범의 길을 막는 자는 없었다. 마음이 급했다. 정문만 벗어난다면 낸즈와의 전쟁은 모두 끝날 수 있을 것이다.

그러나 수용소 정문에 지프가 다다르는 순간, 박흥범의 바람은 이루어지지 않았다. 연병장에 우레와 같은 총성이 울리며 지프에 총격이 가해졌다. 결국 정문 앞에서 지프가 멈춰 서고 말았다.

지프에서 빠져나오자마자 다리가 풀린 나상일 박사 가족은 땅바닥에 주저앉고 말았다. 그들은 다행히 총상을 입지 않았지만, 마상필 소령과 계엄군에 의해 포위됐다. 정문을 지키던 위병들이 박흥범에게 급히 달려와 계엄군과 서로 총구를 들이밀고 대치했다. 박흥범은 위병과 계엄군을 진정시키기 위해 애썼다.

"괜찮아, 다들 총구 내려. 뭔가 오해가 있었던 거 같다."

하지만 마상필은 박홍범 눈앞에 총구를 겨누었다.

"너를 명령 불복종과 계엄법 위반으로 즉결 처분한다."

"잠깐, 저는 질병관리청 연구원 나상일이라고 합니다. 소장님은 우리를 질병관리청으로 데려가는 중이었어요."

마상필은 박홍범에게 향한 총구를 거두었다.

"제 아들이 바이러스 면역항체를 가지고 있어요. 그래서 질병관리청으로 데려가는 중이었습니다. 믿어 주십시오. 확인해 보시면 알 겁니다."

"좋아."

마상필은 의외로 쉽게 결정을 내렸다. 박홍범과 나상일 부부는 안도의 한숨을 내쉬었다. 그런데 마상필의 총구가 엄마 품에 안겨 죽은 듯 자고 있는 어린 소년에게 향했다.

"애 상태가 왜 이 모양이야?"

"코마 상태입니다. 아직 깨어나지 못하고 있어요."

"너희 부부는 살려 주지. 하지만 이 아이는 죽어야겠어."

"이게 무슨 말도 안 되는 소립니까? 우리 아이는 면역항체가 있다고 분명히 말씀드렸잖아요. 백신을 만들 수도 있다는 말이라고요!"

"백신이고 나발이고 바이러스에 걸린 것들을 다 죽이라고 명령을 받았다. 나는 명령을 무조건 따른다."

"백신이 뭔지 몰라? 백신을 만들 수 있다잖아!"

박흥범이 이를 갈며 말하자 마상필은 홀스터에 총을 집어넣고, 박흥범의 멱살을 움켜쥐었다. 박흥범은 검은 장갑을 낀 마상필의 오른손 완력에 숨이 턱 막혔다. 그는 마상필의 오른손을 붙잡아 비틀어 보려 했지만 꼼짝도 하지 않았다. 마상필은 박흥범에게 비웃으며 말했다.

"정말 내가 모른다고 생각해? 우리는 백신이 필요 없어. 사령관은 치료가 아니라 완전한 박멸을 원하신다."

마상필은 박흥범을 밀어 버리고 소년에게 다시 총구를 겨누었다. 모두 이 어이없는 상황을 그저 바라보고만 있었다.

"비켜!"

박흥범은 설마 했다. 탕! 한 발의 총성이 울렸다. 엄마는 비켜서지 않았다. 소년 대신 죽음을 택한 것이다. 소년을 필사적으로 끌어안은 엄마의 몸에 붉은 피가 점점 더 번져 갔다. 마상필이 인상을 구기며 다시 소년에게 권총을 발사했을 때, 아빠 역시 소년의 앞을 막아섰다. 아빠의 피가 소년의 얼굴에 튀었다. 순식간에 소년의 부모가 살해되었다. 아이는 아무것도 모른 채 깊은 잠에 빠져 있었다. 계엄군과 위병 모두 마상필의 잔인함을 눈앞에서 보았으나 어느 누구도 저지하지 못했다.

박흥범의 몸이 부들부들 떨리기 시작했다. 다시 총구가 소년에게 향하는 순간, 박흥범이 몸을 날려 마상필에게 달려들었다. 박흥범과 마상필은 서로 엉켜 뒹굴었다. 서로 대치 중이던 계엄군과 위병은 어쩔 줄 몰라 했다. 밑에 깔린 박흥범이 마상필 오른손에 목이 잡혔다. 마상필은 박흥범을 보고 비웃었다. 숨통이 조여들고 시야가 흐릿해지자, 이제 끝이라는 생각이 들었다. 그때 바닥에서 버둥거리던 박흥범 손에 마상필이 떨어뜨린 권총 총구가 잡혔다. 시간이 없었다. 숨이 끊어질 판이었다. 그는 총구를 잡고 권총 손잡이로 마상필의 눈을 찍었다. 그러자 마상필은 비명을 지르며 옆으로 쓰러졌다.

박흥범이 자리에서 일어서서 마상필 머리에 권총을 들이대자, 계엄군과 위병들이 서로 총구를 겨누며 다시 대치했다. 박흥범이 권총을 발사하면 양쪽 모두 대응 사격을 할 것이고 그럼 모두 죽게 된다. 그럼에도 박흥범은 마상필을 죽이고 싶었다. 이미 이성을 잃은 박흥범의 손가락이 방아쇠를 당기려는 순간, 비명과 함께 봉쇄된 A동에서 사람들이 쏟아져 나왔다. 박흥범과 군인 모두 그 광경을 멍하니 바라만 볼 수밖에 없었다. 그때 수용소에 사이렌이 울려 퍼지기 시작했다.

하늘은 어느새 어둑어둑해지고 있었다. 사람들 모두 재빨리 흩어졌다. 다가오는 낸즈들 때문이었다. 하지만 박흥범의 눈에는 소년을 감싼 채 죽은 일가족만 보였다. 무엇이 잘못되었는지, 무엇을 어떻게 해야 하는지 그는 알 수가 없었다. 박흥범은 화가 치밀었지만 총소리를 듣고서야 정신을 차렸다. 그는 깊은 잠에 빠져 축 늘어진 소년을 보았다. 이 소년을 살려야 한다. 이 문장이 소명처럼 박흥범의 뇌리에 스쳤다. 갑자기 그의 머릿속에 탈출구가 떠올랐다. 박흥범은 소년을 어깨에 들쳐 메고 정신없이 취사동으로 뛰어 들어갔다. 그곳에는 재료 운반 때문에 외부로 통하는 문이 있었다.

수용소는 아비규환이었고 총소리가 끊이지 않았다. 바깥과는 다르게 취사동 실내는 조용하고 어두웠다. 박흥범은 연병장에서 취사동으로 들어오는 출입구를 봉쇄하여 이미 통제된 취사동은 안전할 거라고 생각했다. 하지만 상황은 예상과 다르게 흘러갔다. 주방 입구로 들어서는 순간, 바닥에 쓰러져 있는 병사 두 명이 박흥범 눈에 들어왔다. 목이 뜯겨 피가 흥건한 병사들이 조금씩 꿈틀대기 시작했다. 그들이 되살아나기 전에 어서 이곳을 빠져나가야 했지만 진퇴양난이었다. 쪽문으로 향하는 출입구 한복판을 누군가 막고 서 있었다.

그는 바닥에 쓰러진 병사들을 자신이 물어뜯었다는 걸 증명하듯 얼굴이 피로 칠갑돼 있었고 팔다리는 관절이 따로 노는 듯 천천히 비틀렸다. 핏줄이 팽창하여 피부가 압력을 견디지 못하고 터지기 시작하자 핏물이 진득한 수액처럼 흘러내렸다. 그는 바로 보좌관 최 소령이었다. 이제 그는 군인도 박흥범의 부하도 아니었다. 그는 낸즈가 되었다.

낸즈는 변이 바이러스에 감염된 뇌가 죽은 몸을 되살려 낸 존재다. 공격성이 강하여 산 사람을 물어뜯어 감염시키고, 빛을 싫어하여 어두운 곳에서 활동한다. 반면 청각은 그들의 1차 감각기관이라고 할 만큼 우수하다. 그들을 막기 위해선 머리를 공격해 뇌를 파괴해야 한다. 질병관리청에서 발표한 이 내용이 박흥범이 알고 있는 전부였다.

박흥범은 소년을 한쪽 구석에 조심히 눕혀 놓고, 보좌관을 주방 문밖으로 유인하여 도망치기로 했다. 박흥범이 숨어서 스테인리스 주방 조리대를 두드리자 보좌관이 소리에 민감하게 반응했다. 주방 문밖으로 요란한 소리를 내며, 국자가 바닥에 쓰러진 병사들 쪽으로 떨어졌다. 박흥범이 국자를 밖으로 내던진 것이다. 보좌관이 괴상한 소리를 내며 주방 문밖으로 뛰었다. 문 뒤에 숨은 박흥범이 문을 닫으려는 순간, 보좌관이 바닥에 쓰러져 꿈틀대는 병사 둘을 보더니 그새 흥미를 잃었는지 문 앞에서 멈춰 섰다. 숨죽이던 박흥범의 이마에 식은땀 한 방울이 흘러내렸다. 차마 마른침도 삼키지 못했다. 그런데 멈칫하던 보좌관이 방향을 틀어 소년 쪽으로 다가갔다.

일이 틀어졌다. 소년에게 다가가는 보좌관을 막으려 했지만 다리가 쉽게 떨어지지 않았다. 다급해진 박흥범은 주방에 무기가 될 만한 것을 찾아보았지만, 아무것도 눈에 띄지 않았다. 그 흔한 냄비 뚜껑조차 눈에 띄지 않았다. 조금 전에 보좌관을 유인하기 위해 밖으로 집어 던진 국자가 아쉬울 따름이었다. 다행히 보좌관은 소년의 주변을 맴돌기만 했다. 하지만 보좌관이 박흥범과 눈을 마주치자, 성난 개처럼 입을 벌리고 달려들었다. 박흥범은 재빨리 한쪽 구석의 커다란 냉장고 옆으로 몸을 숨겼다. 보좌관이 서서히 다가오자, 박흥범은 피가 마르는 듯했다. 꼼짝없이 독 안에 든 쥐 신세였다.

박흥범은 순간 '낸즈는 빛을 싫어한다'라는 연구보고서 내용이 떠올라 보좌관이 다가오자마자 냉동고 문을 활짝 열어젖혔다. 냉동고의 불빛이 어두운 주변을 밝혔지만 보좌관은 냉장고 불빛에 잠시 멈칫할 뿐이었다. 눈동자가 퇴색되어 흰자위만 보이는 보좌관의 눈이 박흥범을 향했다. 그때였다. 열린 냉동고 안에 쌓아 두었던 생선이 바닥에 쏟아졌다. 다급해진 박흥범이 바닥에 떨어진 꽁꽁 얼어붙은 생선을 집어 들었다. 동시에 보좌관이 입을 벌리며 달려들자, 생선이 보좌관의 머리를 강타했다. 머리가 꺾인 보좌관이 중심을 잃고 바닥에 쓰러졌는데도 박흥범은 보좌관의 머리를 계속 내리쳤다.

'이자는 보좌관이 아닌 바이러스에 걸린 낸즈다.'

생각이 여기에 미치자 박흥범은 문득 의문이 들었다. 최종혁 계엄 사령관도 나와 같은 심정에서 그랬을까? 두 번 다시 일어나지 못하게 하려고? 그래도 바이러스에 걸린 자와 그렇지 않은 자는 구분했어야 한다. 그런 구분마저 하지 않으면 이미 인간임을 포기하는 게 아닐까? 생선에 머리가 으깨진 보좌관, 아니 낸즈를 뒤로하고 박흥범은 돌아섰다. 그리고 그제야 그의 눈에 스테인리스 조리대 밑 선반에 가지런히 놓인 식칼들이 보였다. 그가 헛웃음을 지으며 커다란 중식도 하나를 집었다.

박흥범은 깨어나지 않은 소년을 다시 들쳐 멨다. 그리고 주방을 빠져나와 문으로 향했다. 어둠 속에서 쪽문이 어렴풋이 보였다. 이제 저 문을 통과하면 수용소를 완전히 빠져나간다. 소년을 문 옆에 눕히고 문에 연결된 잠금 장치를 풀었다. 이젠 됐다고 안도하는 순간, 누군가 박흥범 등에 올라탔다. 그는 반사적으로 올라탄 자를 땅바닥에 메쳤다. 머리가 꺾여 꼬꾸라진 자는 감염된 국회의원이었다. 보좌관은 국회의원을 쪽문으로 빼돌리려다가 감염됐을 것이다. 낸즈로 변한 국회의원이 몸을 비틀기 시작했다. 그가 꺾인 머리를 돌려세우며 엉거주춤 일어나려고 하자, 박흥범은 허리춤에서 커다란 중식도를 꺼내 두 번 다시 일어나지 못하게 내리쳤다.

박흥범은 소년과 함께 수용소를 무사히 빠져나왔다. 소년을 어깨에 걸쳐 메고 정신없이 걷고 또 걸었다. 양쪽 어깨에 심한 통증을 느끼기 시작할 즈음, 어느새 동이 트고 있었다. 박흥범은 소년을 바닥에 가지런히 눕히고 흐르는 땀을 손바닥으로 닦아 냈다. 철조망으로 둘러친 질병관리청 건물이 보였다. 박흥범이 땀에 젖은 군복 소매를 걷자, 왼쪽 팔뚝에 물린 상처가 보였다. 짙은 푸른빛이 도는 상처 부위에서 핏물이 진물처럼 흘러내려, 깊은 한숨이 자신도 모르게 배어 나왔다. 수용소를 빠져나올 때 낸즈로 변한 국회의원에게 물린 것 같았다. 소년은 여전히 깊은 잠에서 헤어 나오지 못했다.

아마 소년은 살 수 있을 것이다. 백신이 만들어져 세상은 다시 원래대로 되돌아올 수 있을 테니까. 그러나 박흥범은 그때까지 자신이 살 수 있을지, 산다 한들 일상생활을 제대로 할 수 있을지 알 수 없었다. 박흥범은 천천히 중식도를 꺼내 들고 감염된 왼쪽 팔뚝을 보도블록 위에 올려놓았다. 커다란 중식도는 왼쪽 팔뚝을 향했다.

* * *

연구의 실마리가 풀리지 않던 어느 날, 질병관리청 정문 앞에 의식을 잃고 쓰러진 소년이 발견됐다. 낸즈와 전쟁 중이기 때문에, 경비원과 연구원들 누구도 소년을 데려올 엄두를 내지 못했다. 하지만 정연주 박사는 그냥 지나칠 수 없었다. 불과 얼마 전 아들을 자신의 손으로 먼저 보냈기 때문이다. 그런 박사에게 모니터에 비친 소년은 마치 아들이 다시 살아 돌아온 것 같은 착각이 들게 했다.

　낸즈로 인한 비극은 질병관리청장인 정연주 박사에게
도 찾아왔다. 유일한 가족인 아들 지민이 엄마가 있는 질
병관리청으로 오다가 낸즈에게 공격받아 감염된 것이다.
지민은 정 박사의 삶의 이유이자 마지막 희망이었다. 정
박사의 가슴을 더욱 찢어지게 한 건, 유학 간 아들이 방학
을 맞아 입국해서 벌어진 일이었기 때문이다. 바이러스에
감염된 아이들은 성인에 비해 감염 속도가 더뎠다. 피부
괴사가 일어나고 몸이 뒤틀어지며 서서히 낸즈로 변해 가
는 아들의 고통스러운 모습을 보는 게 괴로웠다. 정 박사
는 자신이 아들을 이렇게 만들었다고 생각했다. 캔서큐어
의 유출을 막지 못한 책임감 때문이었다.

　침상에 묶여 있는 지민이 갑자기 이빨을 드러내며 정
박사에게 달려들었다. 깜짝 놀라 뒤로 넘어진 정 박사는
그 자리에 주저앉아 큰 소리로 울었다. 괴물이 되어 가는
아들이 무서웠고, 아들을 무서워하는 자신이 너무도 미웠
다. 정 박사는 아들을 치료할 엄두를 내지 못한 채, 엄마로
서 자신의 행동을 책망하며 아들과 함께 생을 마감하기로
결심했다. 자신의 마지막 남은 세상이 무너졌기 때문이라
지만, 질병관리청장으로서는 무책임했다. 세상이 난리가

나도 자신의 불행만 보이는 건 어쩔 수가 없었다.

아무도 없는 실험실에 지민을 데려가 수면제인 졸피뎀을 다량으로 주사했다. 고통스럽지 않고 편안하게 깊은 잠에 들게 하고 싶었다. 그리고 자신도 아들을 따라가려 했다. 이 모든 혼란에서 벗어나 아들과 함께 깨어나지 않고 깊게 잠자고 싶었다. 그때, 연구원들이 나타나 정 박사를 저지했다. 연구원들은 죽고 싶거든 책임지고 치료제를 만들고 죽으라고 매몰차게 비난했다. 정신이 든 정 박사는 서둘러 깨웠으나 이미 차가워진, 깨어나지 않는 아들 지민을 붙잡고 통곡했다.

그날 이후, 정 박사는 낮과 밤을 가리지 않고 모든 이에게 속죄하는 심정으로 치료제 연구에 몰두했다. 날이 갈수록 피 말리는 연구의 성과가 조금씩 나타나기 시작했다. 낸즈는 암 치료제 캔서큐어가 인체에 들어가면서 만들어진 변종 바이러스 때문에 생겨났다. 별 모양의 이 바이러스를 '스타 바이러스'라 규정짓고, 이를 제거할 항체 개발에 몰두했다. 하지만 정 박사가 할 수 있는 것은 거기까지였다. 금방 끝날 것 같던 연구는 더는 진전을 보지 못하고 고착 상태에 빠져들었다.

의식을 잃은 소년은 관리청 병실에 옮겨졌다. 정 박사는 소년이 입원한 병실을 찾아 병실에 누워 있는 소년을 가만히 바라봤다. 나이를 가늠할 수 없을 정도로 연약한 모습에 정 박사의 가슴 한구석이 아려왔다.

'너에게 도대체 무슨 일이 있었던 거니?'

병실 밖으로 나가려는 순간이었다.

"엄마."

힘없고 작은 목소리였다. 소년이 낸 소리인지, 정 박사 자신의 환청인지 알 수 없었다. 천천히 소년을 돌아보니 침대에는 먼저 하늘로 보낸 아들, 지민이 누워 있는 것 같았다. 가슴이 떨려 왔다. 얼굴이 겹쳐 보이더니 이젠 소년이 지민으로 보였다. 아들은 더 이상 살아 있지 않다는 외침이 들렸지만, 정 박사는 무너졌다. 소년의 얼굴을 매만지며 흐느꼈다.

"지민아, 미안해. 엄마가 미안해……."

의식을 회복하지 못한 소년을 붙잡고 정 박사는 하염없이 울었다. 울다가 지쳐 그만 소년 곁에서 잠들고 말았다. 아들이 죽은 후 거의 자지 못했는데, 아들이 다시 살아 돌아온 것 같은 안도감에 깊은 잠에 빠져들었다. 시간이 얼마나 지났을까. 정 박사는 흠칫 놀라 잠에서 깨어났다.

낯선 소년 앞에서 단잠에 빠진 민망함에 가만히 소년의 얼굴을 바라봤다. 소년은 지민과는 전혀 다른 외모와 체구였지만 무슨 까닭인지 아들이 살아 돌아온 느낌이 들었다. 정 박사는 이 기이한 느낌을 떨쳐 버리려 고개를 내저었다.

그렇게 한 달이 다 되어 가던 어느 날, 소년의 의식이 돌아왔다.

"아무것도 기억나지 않아요. 전, 누군가요?"

"의식을 잃은 채 관리청 정문 앞에 쓰러져 있었단다."

"……버려진 건가요?"

정 박사는 더 이상 말해 줄 게 없었다. 소년은 혼란스러워했다. 그렇게 소년은 불안한 상태로 다시 태어났다.

정 박사가 직접 끼니를 챙기며 정성을 쏟아서 소년은 점점 기력이 회복되었다. 박사는 매일 소년을 데리고 관리청 정원을 산책했는데, 소년도 종일 이 시간만 기다리는 듯 보였다. 소년은 마치 어미 닭을 쫓는 병아리처럼 정박사의 뒤를 졸졸 쫓아다녔다.

하지만 수석 연구원이 더 이상 관리청에서 소년을 키울 수 없다고 했다. 정 박사도 치료제 연구가 막바지에 다달았기 때문에 소년에게 더 이상 신경 쓸 여력이 없음을 잘 알고 있었다. 더구나 과도한 스트레스로 박사는 건강 상태도 나빠져서 결국 쓰러지고 말았다.

정 박사는 병실에서 깨어나자마자 자신을 지키던 소년을 보았다. 담담한 표정을 짓고 있지만 소년이 몹시 불안해한다는 걸 느낄 수 있었다. 정 박사는 소년을 정원으로 데리고 나갔다. 관리청 밖 혼란스러운 세상과는 다르게 정원은 늘 아늑했다. 꽃밭과 키 작은 나무들이 옹기종기 심긴 정원의 신선한 공기를 한껏 들이켜고는 소년이 정 박사에게 물었다.

"전 어떻게 되나요?"

소년의 기습적인 질문에 정 박사는 어떤 답도 주지 못했다. 하늘은 비가 내릴 듯 잔뜩 흐려지고 있었다.

다음 날, 수석 연구원은 소년을 보육원에 데려다주겠다고 했다. 정 박사는 그 말에 찬성도 반대도 하지 못했다. 수석 연구원 손에 이끌려 소년이 떠나갈 때, 박사는 소년의 뒷모습을 바라봤다. 비가 주룩주룩 내리는 우산 밖으로 소년이 불쑥 나오더니 뒤를 돌아봤다. 정 박사와 소년의 눈이 마주쳤다. 소년은 눈으로 가기 싫다고 애원하고 있었다. 정 박사의 시야를 빗물과 눈물이 함께 가렸다. 결국 소년을 붙잡지 못했다.

비를 맞으며 망부석이 되어 버린 듯 그 자리에 멈춰 버린 정 박사는 슬픔을 삼키며 뒤돌아섰다. 하지만 가슴이 타들어 가는 고통을 더 이상 참을 수 없었던 정 박사는 죽은 아들에게 참회하듯 소년을 향해 달려갔다. 그리고 처음으로 소년을 따스하게 안아 주며 목에서 이니셜 J가 새겨진 목걸이를 빼어 소년의 목에 걸어 주었다. 죽은 아들의 목걸이였다.

"잘 간직하고 있어. 다시 만나면, 그때 돌려줘."

"절 다시 데리러 올 건가요?"

"꼭 데리러 갈게. 약속해."

소년의 눈이 촉촉하게 젖어 들었다. 이어 그의 표정이 밝아지는 듯했다.

정신없이 연구가 다시 시작되었다. 정 박사는 소년을 데려오기 위해 더 연구에 매진했는지도 몰랐다. 그 후 반 년이라는 시간이 흘러서야 드디어 치료제가 완성되었다. 곳곳에 숨어 있던 낸즈에게 치료제를 투여하니 기적이 일어났다. 낸즈들이 다시 인간으로 되돌아오기 시작했다. 이제 그들은 더 이상 괴물이 아니었다. 자연스레 낸즈와의 전쟁은 종식됐고 공식적으로 모든 낸즈는 사라졌다.

하지만 완전한 치료제가 아닌 억제제일 뿐이어서, 반복해서 맞아야 낸즈화가 진행되지 않았다. 게다가 치료된 낸즈는 모두 '감염인간'이라 불리며 격리되었다.

정 박사는 아들 일로 죄책감을 느꼈다. 아무리 후회해도 되돌릴 수 없는 아들의 죽음을 생각하며 고통스러운 나날을 보내다 문득 보육원에 떠나보낸 소년과의 약속을 떠올렸다. 정 박사는 그길로 소년을 찾아 나섰다. 하지만 소년은 없었다. 보육원 원장은 별다른 설명도 없이 도망쳤다는 말만 할 뿐이었다. 다른 보육원도 수소문하며 찾아보았으나 모두 허사였다. 어떻게든 소년을 찾으려 했지만, 소년의 행방은 묘연했다. 정 박사는 자신을 자책하며 절망에 빠져들었다. 밝아진 질병관리청의 분위기와는 다르게 정 박사의 연구실은 한숨으로 가득 찼다.

＊ ＊ ＊

박흥범에게 부상을 입어 가죽 안대를 낀 마상필이 앞을 바라보며 웃고 있었다. 멀쩡한 오른눈으로 보이는 삭막한 연병장은 감시 카메라와 전기 울타리, 면도날 철조망으로 철저히 통제된 특수 전투 집단, 즉 특전단 훈련소였다. 이미 808 특임대를 창설했던 그는 이곳에서 특전단을 양성할 계획이었다. 음지에서 활동하는 특전단 대원들은 열두 살에서 열여섯 살 사이의 고아로 이뤄졌다.

어린 훈련병들의 우렁찬 함성이 연병장에 가득 찼다. 그중에서도 마상필의 눈길을 끄는 대원은 보육원에서 마상필이 직접 선발해 데려온 소년이었다. 표정이 없던 그 소년은 과거를 기억하지 못했다. 보육원 원장은 소년을 '야수'라고 불렀다. 마상필이 그 이유를 묻자, 원장은 거들먹거리며 말했다.

"아시다시피 이곳은 야생의 세계와 같이 거칠어요. 이런 곳에서 아이들은 다들 공포에 떨게 되죠. 이 녀석을 관리하느라 내가 좀 힘들었어요."

"야수로 부른 이유가 뭐냐고 물었는데."

원장이 쓱 마상필을 쳐다봤다.

"나도 군 출신입니다. 예전에 나도 특수부대에 있어 봐서……."

"그래서?"

마상필이 원장의 말을 잘랐다. 원장은 마상필의 매서운 한쪽 눈을 보고 주눅이 들었다.

"그 아이는 몸이 왜소해서 또래 아이들에게 매일 얻어

맞았습니다. 얼마 못 가 송장 하나 치르나 했는데……."

"본론만 말하라니까."

"그러니까, 그날도 여러 명이 공격을 했죠. 나중에 알고 보니 그 아이가 가지고 있던 목걸이를 빼앗으려고 한 겁니다. 그렇게 값나가는 물건은 아닌 것 같던데……."

"그래서, 그 아이들을 다 물리쳤나?"

"그건 아닙니다. 저항하지 않았어요. 아이들의 뭇매를 눈 하나 깜짝하지 않고 다 받아 냈죠. 이런 냉혈한은 처음 봤습니다. 그깟 목걸이가 뭐라고."

"좋아, 내가 데려가지."

원장이 비굴한 웃음을 지었다.

"그때 내가 나타나지 않았더라면 아마도 죽지 않았을까요? 이런 아이들을 어디에 쓸지 잘 알고 있습니다. 그러니 데려가려면 비용이 좀 들 겁니다."

"그래. 충분한 보상을 해야지."

마상필은 웃으며 원장 얼굴에 가볍게 주먹을 날렸다. 원장은 그만 나직한 비명을 지르며 자리에 주저앉았다. 원장 입에서 시뻘건 피와 함께 이가 떨어져 나왔다.

마상필이 원장과 눈을 맞췄다.

"입조심하지 않으면 두 번 다시 입으로는 아무것도 먹

지 못하게 될 거야."

원장은 두려움에 몸을 떨었다.

처음 선발한 특전단 대원 50명 모두 전국에 있는 보육원에서 선발한 아이들이었다. 야수라 불리는 소년은 훈련병 38번이 되었다. 마상필은 인정사정 봐주지 않고 대원들을 훈련시켰다. 아직 완전한 인격체로 성장하지 않은 아이들이지만, 최강의 무기로 만들기 위함이었다.

"너희가 다치면 치료해 주지 않고 폐기할 것이다. 나는 너희의 보모가 아니야. 그러니 다치지 마라. 차라리 죽는 게 낫다."

대원들은 매일 체력 훈련으로 10킬로미터를 달리고 실전을 방불케 하는 격투 훈련과 대검 살상 훈련을 했다. 그중에서도 마상필은 사격을 주된 훈련으로 두고 대원 모두 온몸에 화약 냄새가 밸 정도로 사격 훈련을 시켰다. 어린 나이지만 생존 본능이 강한 대원들은 잠을 자면서도 반사적으로 훈련 반응을 보였다. 살기 위해 더욱더 눈에 불을 켰다. 대신 훈련이 끝난 이후에는 먹고 싶은 걸 원하는 만큼 먹을 수 있었다. 마상필이 아이들에게 베푸는 유일한 자비였다. 대원들은 배 속의 빈 곳을 모두 채우기 위해 음식을 가득 집어넣었다.

38번 훈련병은 사격과 대검 훈련에서 타의 추종을 불허했다. 마상필은 소년이 출중한 능력을 보이는 이유를 알 수 있었다. 보육원에서 눈을 피하지 않고 뭇매를 맞으면서 두려움을 이겨 낸 것이다. 대검 살상 훈련은 실전 칼로 훈련하기 때문에 두려움이 있다면 실력을 키울 수가 없다. 실제로 훈련하다가 몇 명이 칼에 상처를 입고 죽는 일도 발생했다.

마상필은 대원들에게 본보기를 보이기 위해 38번과 대검 살상 훈련을 했다. 약속된 동작을 익히는 훈련이 아니라 실전이었다. 호리호리한 38번은 예상대로 무척이나 빨랐고 두려움이 없었다. 당황한 마상필은 시작과 동시에 옆구리에 상처를 입고 피를 흘렸다.

"야, 이놈 봐라. 이러다 사람 죽이겠네. 다시 들어와."

명령 아닌 명령에 이번에도 망설임 없이 38번의 대검이 쑥 들어왔다. 그의 공격은 빨랐지만, 마상필은 공격을 예측하고 기다렸다. 대검이 들어오는 순간 검은 장갑을 낀 손으로 대검을 붙잡았다. 동시에 마상필의 대검이 38번을 찔렀다. 죽일 의도는 전혀 없었고 자신이 당한 고통을 안기고 싶었을 뿐이다. 하지만 마상필의 대검도 막

했다. 38번의 손이 마상필의 대검의 칼날을 쥐고 있었기 때문이다. 38번은 이를 악물며 표정을 감추었다.

"기특한 자식."

마상필은 이 상황을 즐겼다. 38번이 기대 이상으로 기쁨을 주었기 때문이다. 마상필과 38번은 서로 똑같이 상대편의 대검 칼날을 맨손으로 쥐고 힘겨루기를 했다. 한 가지다른 건 마상필의 손에선 한 방울의 피도 나오지 않았다. 그의 손은 티타늄으로 만들어졌기 때문이다. 38번의 손가락 사이에서만 피가 후두둑 떨어지고 있었다. 마상필은 38번의 야수 같은 눈빛을 바라봤다. 감정을 드러내지 않아 대원들은 38번을 로봇이라고 불렀다. 훈련이 끝나면 불평불만이 터져 나올 만도 하지만 38번은 한마디도 하지 않았다. 휴식 시간에도 38번은 개인 훈련을 반복했다. 마상필은 무엇이 소년을 그렇게 만들었는지 궁금했다.

1년이 지나자 대원들은 육체적, 정신적으로 무척 성장했다. 50명의 대원 중에서 살아남은 이는 오직 열 명뿐이었다. 그중 38번을 포함한 세 명만이 '헬게이트'로 향했다. 이미 특전단 교육과정은 모두 끝났기 때문에 마지막 관문인 헬게이트 통과는 의무 사항이 아니었다. 하지만 최고가 되기 위해 그들은 그곳을 선택했다. 헬게이트는 마지

막 과정으로, 문을 열고 들어서면 낸즈와의 전쟁에서 공을 세운 인공지능 전투 로봇 세 대가 기다리고 있었다. 그 로봇들 눈인 빨간 레이더에 걸린 목표물은 무시무시한 20밀리미터 개틀링 건의 화력을 맛봐야 했다. 그래서 바로 이 전투 로봇 '아미봇'이 기다리고 있는 관문을 헬게이트로 불렀다.

결과는 참혹했다. 대원 두 명이 헬게이트에서 갈기갈기 찢겨 나갔다. 하지만 마상필은 기대를 저버리지 않았다. 마지막 한 명이 남아 있었기 때문이다. 마상필은 38번을 모니터로 숨죽이며 바라봤다. 헬게이트가 열리고 중화기로 무장한 38번이 원형경기장으로 들어섰다. 모니터로 보이는 38번의 표정은 두려움을 모르는 듯 변화가 없었다. 38번은 이를 악물며 재빨리 경기장 안을 탐색했다.

원형경기장 바닥과 벽면에 붉은 피가 여기저기 흩어져 있었고, 아미봇 세 대의 빨간 레이저 밑으로 20밀리미터 개틀링 건이 공회전을 하고 있었다. 공회전 소리가 계속 메아리치는 동안 38번은 얼어 버린 듯 몸을 움직이지 않았다. 38번이 아랫입술을 피가 나도록 깨물더니 권총과 대검만 남겨 둔 채, 온몸에 지닌 중화기를 빠르게 벗어 던졌다. 그리고 반사적으로 엄폐물에 몸을 날렸다. 순간, 개틀링 건이 불을 뿜어 댔다. 1초만 늦었어도 아웃이었다.

경기장에는 엄폐물이 총 다섯 개 있었다. 하나의 엄폐물이 아미봇 세 대의 공격을 견뎌 내는 시간은 1분도 채되지 않았다. 38번은 한쪽으로 돌면서 개틀링 건의 급소인 열 감지 레이더를 파괴하기로 전략을 짠 모양이었다. 이 방법까지는 죽은 다른 대원들과 흡사했지만 그들은 중화기에 목숨을 맡겨 동작이 둔해져 모두 죽고 말았다. 38번은 움직이면서 열 감지 레이더를 맞히기 어렵다는 것을 파악했다. 그는 곧장 아미봇과의 거리를 좁히며 다가갔다. 아미봇은 서로를 공격하지 못한다는 점을 알아차리고 아미봇 위에 올라탔다. 38번은 아미봇의 머리 역할을 하는 열 감지 레이더를 붙잡고 톱날이 달린 대검을 뽑아 들었다. 금속끼리 맞물리는 마찰음을 내며 대검이 아미봇의 열 감지 레이더를 잘라 냈다.

또다시 38번은 경기장을 빙글빙글 돌며 아미봇에게 접근했다. 이제부터 진짜였다. 두 번째 아미봇이 쓰러지는 순간, 동선이 엉킬 일 없는 마지막 아미봇이 지체 없이 공격한다는 걸 간과하면 바로 끝이었다. 38번이 두 번째 아미봇의 열 감지 레이더를 뽑아내자마자, 마상필은 마른침을 삼켰다. 38번은 지체없이 잘라 낸 레이더를 마지막 남은 아미봇에게 집어 던졌다. 마지막 아미봇은 날아오는 다른 아미봇의 머리를 향해 개틀링 건을 쏘았다. 아미봇 머리가 깨져서 산산이 부서지고 빨간 눈이 다음 표적을 찾을 때, 38번은 이미 마지막 남은 아미봇의 열 감지 레이더를 붙잡고 있었다.

38번이 마지막 아미봇의 머리를 꺾었다. 매서운 눈빛의 38번은 자신의 목에 걸린 목걸이에 입을 맞췄다. 목걸이는 그의 삶을 지탱해 주는 수호신이었다. 마상필은 자신도 모르게 박수를 쳤다. 그리고 그 아이를 몬스터 1호라고 불렀다.

* * *

정연주 박사가 소년을 찾아 나서기 시작한 지 2년이 다 되었을 때, 계엄 사령부에서 한 신체검사를 의뢰해 왔다. 애꾸눈 마상필 소령이 어느 소년과 함께 질병관리청을 찾아온 것이다. 정 박사는 진료실 복도에서 우연히 그들을 발견하고 깜짝 놀라서 가던 길을 멈춰 섰다. 그토록 찾아 헤매던 소년이 바로 눈앞에 있었기 때문이다. 함께 있던 선임 연구관은 영문을 몰라 정 박사를 멀뚱히 바라봤다.

소년의 모습이 많이 변했지만 한눈에 알아볼 수 있었다. 그리고 그의 목에서 목걸이를 발견하자 울컥 목이 메어 왔다. 하지만 애써 모른 척하며 그들을 외면할 수밖에 없었다. 소년도 모른 척했지만, 그의 눈은 정 박사에게 머물러 있었다.

왜소했던 소년이 2년 만에 건장하게 성장하여 나타났다. 하지만 얼굴은 상처투성이였다. 저 군인이 아이에게 도대체 무슨 짓을 한 건지 궁금했다. 그리고 소년의 눈빛이 많이 바뀌어 있었다. 눈길이 스쳤을 때, 소년은 야수 같은 눈빛을 띠고 있었다. 정연주 박사는 곁에 있던 선임 연구관에게 이들의 방문에 대해 물었다.

"특전단이라는 암살 부대에서 온 대원이에요. 무슨 초능력이 있다나? 그래서 검사한다고……. 아직 어린 것 같던데 무시무시하죠?"

정 박사는 선임 연구관의 말을 듣고 분노가 치밀어 올랐다. 그들은 어린아이를 킬러로 키우고 있었다. 조금 더 빨리 소년을 찾아갔더라면, 하고 자신을 자책했다. 정 박사는 소년과의 만남이 신의 계시라고 굳게 믿었다. 그래서 이들로부터 소년을 구하겠다고 다짐했다.

정 박사가 직접 그들이 요구하는 검사에 나섰다.

"알다시피 저희는 개인 진료나 검사를 하지 않지만, 나랏일을 하시는 분의 부탁이니 예외로 하는 겁니다."

"네, 박사님. 감사합니다."

"검사받을 사람에게 특이 사항이 있나요?"

"반사 신경이 무척 빠릅니다. 그리고 공포를 전혀 느끼지 않아요. 감정이 없는 것 같습니다."

"소령님, 감정이 없는 사람은 없습니다."

정 박사는 의료 차트를 확인하며 무심하게 주의 사항도 알려 주었다.

"간혹 심전도검사 중에 심정지가 올 수도 있음을 유념해 주세요."

마상필은 정 박사의 말을 주의 깊게 듣지 않는 것 같았다. 말도 안 되는 소리라고 생각한 모양이다. 정 박사는 MRI검사를 했다. 마상필의 말과는 달리 소년에게 놀라운 신체적 능력은 전혀 없었다. 평범한 소년이었다. 감정을, 특히 공포를 느끼지 못한다고 했지만 표현하지 못할 뿐일 것이다. 소년이 그동안 무슨 일을 겪어 왔는지 모르지만, 정 박사는 소년의 얼굴을 보고 그의 고통을 느낄 수 있었다. 소년과 약속을 지키지 못한 죄책감에 소년을 빨리 이들의 손에서 벗어나게 해 주고 싶은 생각뿐이었다.

검사를 마치고 소년과 단둘이 남게 된 정 박사는 수술용 침대에 누워 있는 소년에게 다가갔다. 눈을 마주친 소년은 말이 없었다. 무거운 마음의 정 박사가 가벼운 대화를 하려고 했다.

"많이 컸네."

"기다렸어요."

정 박사는 소년의 원망 어린 말을 듣고 울컥했다. 가슴에 손을 대며 진정하려고 애썼다. 정 박사는 변명하고 싶었다. 찾을 수가 없었어, 얼마나 찾아 다녔는지 몰라. 원망하듯 자신을 바라보는 소년에게 이 변명이 위안이 될까? 하지만 그 대신 소년에게 진심 어린 사과를 전했다.

"미안하구나. 너무 늦었지?"

무표정으로 일관하던 소년의 눈가가 점점 붉어졌다. 그리고 속마음을 숨기려고 정 박사의 눈을 피했다.

"이렇게 만난 건 신의 뜻이라고 생각해. 널 두 번 다시 떠나보내고 싶지 않은데……. 넌, 어떠니?"

소년은 아무런 반응을 보이지 않았다.

"시간이 많지 않아. 날 한 번만 더 믿어 줄 수 있겠니?"

소년의 표정에는 여전히 변화가 없었다. 무슨 생각을 하는지 알 길이 없었다. 정 박사는 속이 타들어 갔다.

"특전단에 다시 돌아가고 싶어?"

"탈의실에 박사님에게 돌려드릴 물건이 있어요."

"목걸이 말이니? 복도에서 네 목에 걸린 걸 봤단다."

"죽을 정도로 힘들었지만, 전 약속을 지키려고 끝까지 버텼어요. 지금도 박사님의 약속을 믿고 싶어요."

"그래. 약속을 지키게 해 줘서 고맙구나."

정 박사가 소년의 손을 꼭 쥐었다. 따스한 온기가 소년의 차가운 마음을 서서히 녹이고 있었다. 정 박사가 소년에게 수면마취 주사와 심정지 주사를 놓자 소년은 편안한 표정으로 잠에 빠져들었다. 잠시 후, 마상필 소령이 검사실로 들어왔다. 정 박사는 모니터를 보여 주었다.

"검사 결과로는 전혀 특별한 능력이 없습니다."

"그렇습니까?"

"다만 심장에 문제가 있어 보입니다."

"하하하, 그건 걱정하지 마십시오. 다른 건 몰라도 심장은 더 튼튼할 겁니다. 어떤 훈련을 받았는지 아시면……."

마상필의 말이 끝나기도 전에 심장박동 모니터에서 경고음이 들렸다. 정 박사는 모니터를 확인하고 다급하게 외쳤다.

"코드블루, CPR(심폐 소생술) 준비!"

마상필은 눈을 휘둥그레 뜰 뿐 어찌할 바를 몰랐다. 검사실 밖에서 수석 연구원이 기다렸다는 듯이 급하게 들어왔다. 그가 소년에게 인공호흡기를 씌우려는 순간, 심정지를 알리는 알림음이 적막감이 감도는 검사실에 울려 퍼졌다. 정 박사와 연구원은 서로를 바라보며 망연자실한 표정을 지었다. 마상필 소령은 너무 어이없고 기가 차서 헛웃음이 나왔다. 애꿎은 오른눈을 가죽 장갑을 낀 손으로 비볐다. 금방이라도 피가 쏟아질 것 같은 오른눈으로 정 박사를 노려봤다.

"이거, 지금 뭡니까?"

"심정지로 사망했습니다."

"나, 이거 어이가 없어서…….."

마상필은 왼손으로 침대에 누워 있는 소년의 목을 짚어 맥을 찾아보았다. 손목도 잡아 보고 눈도 까 보았지만 아무 소용이 없었다. 박사 말대로 심정지 상태였다.

"안타깝네요."

"안타깝다고요? 제가 목숨 건 전투를 여러 번 나가 봤지만, 이런 말도 안 되는 죽음은 본 적이 없어요."

"지금 저를 원망하시는 건가요?"

"아니, 그런 뜻이 아니라……. 그렇잖습니까? 멀쩡한

친구가 신체검사 받다가 이렇게 죽어 버리면."

"마상필 소령님, 계엄 사령부에서 부탁하신 거라 청장인 내가 직접 검사했는데 제게 이렇게 책임을 떠넘기시겠다는 겁니까?"

"죄송합니다. 그런 뜻은 아니고요. 정말 너무 어이가 없어서……."

"간혹 검사 중에 심정지가 올 수도 있다, 그리고 이 친구는 심장이 약하다고 제가 분명 말씀드렸죠? 참 불쾌하군요. 그럼 사령관께 제가 직접 전화해서 사과하죠. 신체검사 중에 병사 한 명이 심정지로 사망했는데 그게 전부제 잘못이라고요."

"아닙니다. 그러실 필요까지 없습니다. 제 선에서 처리하면 되는 일입니다. 죄송합니다."

"네, 알겠습니다. 다 이해합니다. 당황스러운 건 저희도마찬가지입니다. 그럼 이 소년은 이제 소령님에게 필요없으실 테니, 저희가 연구용으로 사용해도 되겠죠? 사망원인을 밝혀내야 하니까."

"완전히 죽 쒀서 개 준 꼴이군."

마상필 소령은 혼잣말하듯 읊조리더니 자리를 벗어났다. 수석 연구원이 소령의 뒤를 쫓아 나갔다. 마상필 소령이 돌아간 걸 확인한 정연주 박사는 다급하게 소년의 가슴에 멈췄던 심장을 활성화하는 주사를 놓았다. 초조하게 심장 회복을 기다리는데 예정된 시간이 지나도 소년의 몸에 반응이 나타나지 않았다. 정 박사의 속은 시커멓게 타들어 갔다. 소년의 가슴에 손을 대고 간절히 기도했다. 다시 한번 기회를 달라고. 그러나 심장박동 그래프는 여전히 움직이지 않았고, 심장 활성화 시간이 지나갔다. 신의 가혹함에 화가 나고, 속에서 서러움이 북받쳤다. 정 박사는 서서히 이성을 잃어 갔다.

"내 손으로 또 한 명을 죽인 건가요? 그런 거예요? 그때 아들과 함께 나도 죽었어야 했던 거죠? 이제…… 나만 죽으면 다 끝나겠군요."

정 박사가 수술용 트레이에 놓인 심정지 주사기로 눈을 돌렸다. 그리고 주사기를 집으려는 순간, 심전도 기계에서 미세한 소리가 들리며 그래프가 천천히 움직이기 시작했다. 정연주 박사는 손으로 입을 틀어막으며 감격의 눈물을 흘렸다.

의식을 회복한 소년은 정 박사의 저택으로 옮겨져 휴식을 취했다. 그리고 저택 지하실에 마련된 수술대에 몸을 눕혔다. 정 박사는 친한 의사들로 극비리에 수술팀을

꾸려 소년의 성형수술을 진행했다.

수술은 성공적으로 끝나고 수술대에 누운 소년의 얼굴은 붕대로 감싸여 있었다. 소년은 고르게 숨을 쉬었다.

정 박사가 소년의 손을 살포시 두 손으로 감싸 쥐었다.

"지민아, 이제 목걸이를 돌려주지 않아도 돼. 넌 이제 내 아들이니까."

정연주 박사는 소년에게 처음으로 이름을 불러 주었다. 죽은 아들의 이름으로. 소년은 그날 이후, 정연주 박사의 아들 지민으로 다시 태어났다.

* * *

'군사학교 신입생 환영'이라는 커다란 현수막이 학교 체육관 입구 앞에 매달렸다. 군사학교는 국가에서 중학교와 고등학교를 통폐합한 6학년제 학교였다. 체육관에는 신입생들이 열에 맞춰 서 있었다. 윤이 나는 목재 바닥과 운동화가 마찰하며 끽끽거리는 소리가 체육관에 울려 퍼졌다. 또랑또랑한 눈빛으로 유나가 주위를 둘러봤다. 유나 눈에 비친 학생들은 하나같이 불필요한 존재로 보였다. 난리 통에도 여전히 부유층은 잘 살아남았다.

"어이, 대장."

옆줄에 선 A 디펜스 회장의 외아들이자 어릴 적 친구인 유재석이 말을 걸었지만 유나는 모른 체했다. 계엄 사령관의 딸인 유나에게 아는 척하는 놈들은 모두 부유층 자제였다. 어쩌면 비슷한 부류끼리 어울리는 게 당연할지도 모르지만, 유나는 집안 재력만 믿고 까부는 놈들이 다 마음에 들지 않았다. 특히 열 맨 뒤에 자리 잡고 거들먹거리는 윤영석은 검찰부 장관의 아들로, 집안끼리 결혼을 약속한 사이였다. 성인이 되는 열여섯 살인 3학년 때 영석과 결혼하기로 돼 있었다. 저런 놈과 결혼해야 한다니, 유나는 생각만으로도 짜증이 밀려왔다.

낸즈와의 전쟁으로 수많은 사상자가 나오자 인구 급감을 이유로 순수인간은 열여섯 살부터 스물여섯 살 사이에 결혼해야 하는 법이 정해졌다. 하지만 자세한 내막은 따로 있었다. 순수인간은 감염인간 인구수의 10분의 1밖에 되지 않아서 감염인간을 지배하려면 빠르게 인구수를 늘릴 필요가 있었다. 그래서 고육지책으로 이런 법이 만들어졌다. 유나의 아버지이자 계엄 사령관이 검찰부 장관과 함께 제정한 법이었다. 그래서 상징적으로 두 집안의 자녀가 혼인을 약속한 것이니 억울해도 하소연할 데가 없었다.

재석이 옆에 있는 지민이라는 친구를 유나에게 소개해 줬다. 처음 보는 아이였다. 질병관리청장 정연주 박사의 아들이라는데 멍청한 표정만 빼면 그럭저럭 봐줄 만한 외모였다. 반쯤 감긴 심드렁한 눈을 뜬 지민이 유나와 눈이 마주쳤다.

유나는 짜증 난 듯 지민에게 말했다.

"뭘 봐."

"유나야, 얘가 원래 이래. 너한테 기분 나빠서 그러는 게 아니야."

재석이 주절대며 지민에 대해 설명했다.

유나는 지민에게 경고했다.

"조심해."

지민은 여전히 먼 산을 보는 듯 표정의 변화가 없었다.

신입생들은 4주간의 군사교육으로 학교생활을 시작했다. 정신없던 군사교육은 마지막 훈련만 남았다.

유나는 개인화기 사격에서 특히 뛰어난 실력으로 중간집계 1등이 되었다. 군사교육 평점 1등은 학년 장이 되어 학생들을 통솔한다. 마지막 남은 서바이벌 게임 훈련에서 중간 정도만 유지해도 학년 장 임명은 따 놓은 당상이었다. 하지만 유나는 벽에 걸린 조 편성을 보고 아연실색했다. 같은 조에 하필 재석과 그 무표정한 멍청이가 걸릴 줄이야. 재석과 어리어리한 놈은 초반에 탈락할 것이다. 그들은 이미 화생방, 사격술, 심지어 구급 시험에서도 꼴찌가 아니던가?

누군가 뒤에서 손쓴 것이 틀림없었다. 2등을 달리던 영석의 팀은 상위에 있는 학생들과 같은 조였다. 생각 같아서는 아버지한테 이 부정을 말해 뒤집고 싶었지만, 계획을 위해 참아야 했다. 유나는 학년 장을 맡고 영석과 파혼하겠다고 아버지에게 말할 참이었는데, 그 계획이 틀어질 위기였다. 서바이벌 전투 게임은 말 그대로 최후의 생존 게임이다. 유나 혼자 적들을 상대하기로 마음을 굳게 먹었다.

게임이 시작되기 전에 재석이 싱글거리며 유나에게 지민에 대한 정보를 귀띔했다.

"쟤가 보기보다는 심성이 착해. 내가 봤거든? 최고야."

"전투 게임에 심성이 착한 걸 어디다 써?"

"심성이 착하다는 건……."

"조용히 해!"

재석이 항상 헛소리하고 다니는 건 알고 있었지만, 유

나는 벌써 지치기 시작했다.

경기는 군사학교 사격장 옆의 야산 서바이벌 훈련장에서 벌어졌다. 네 개 조로 열 팀이 맞붙어 최종 네 팀이 가려졌다. 치열하게 전투를 벌인 끝에 유나의 팀은 최종 네 팀에 합류했다. 유나 혼자 적들을 찾아내 아웃시키기 전까지 유나 명령에 따라 재석과 지민은 훈련장에 꼭꼭 숨어 나오지 않았다. 유나 팀은 말 그대로 유나 원 팀이었다. 하지만 앞으로가 문제였다. 최종 네 팀은 군사훈련 평점 1위부터 4위의 학생들이 팀장으로 이뤄진 팀이었다. 최종적으로 살아남은 인원이 많은 팀이 서바이벌 게임의 승자가 된다. 마지막 게임에 유나는 모든 것을 걸어야 했다.

유나는 다시 지민에게 명령조로 말했다.

"무조건 내 말에 따라서 움직여."

지민은 유나를 보며 성의 없이 고개를 끄덕였다. 유나는 그런 지민의 태도가 심히 못마땅했지만, 그래도 재석처럼 허풍 떠는 것이 아니어서 참을 만했다.

재석이 나섰다.

"난 뭐 하고 있어?"

"넌 그냥 조용히 있어."

유나 말에 재석이 과장되게 입에 지퍼 채우는 시늉을

했다. 각 조가 각각의 장소에서 경기를 시작했다. 재석과 지민은 작전대로 숨기 좋은 장소를 찾아 나섰다. 유나는 기민한 동작으로 재석과 지민의 뒤를 거리를 두고 쫓았다. 일반적으로 적과 우연히 마주치게 되면 적은 대부분 뭉쳐 있는 곳에 화력을 집중하게 된다. 그때, 최대한 적 뒤쪽을 공격하는 것이 유나의 계산이었다.

재석과 지민이 자리를 잡았다. 유나는 하늘에 닿을 듯 쭉 뻗은 나무를 거침없이 타기 시작했다. 저격수 작전을 쓴 것이다. 예선부터 혼자 모든 일을 다 하다 보니 체력에 한계가 왔을 뿐더러, 결승전에 참가한 팀은 예선전 학생들하고는 차원이 달랐다. 재석과 지민이 미끼가 되어 줄 것이다.

유나가 시야를 가리는 나뭇가지를 꺾자마자 적들이 나타났다. 예상 밖으로 적들은 한데 뭉쳐 나왔다. 세 개 조가 연합하여 유나 조를 잡자고 영석이 제안했을 것이다. 이건 비열한 반칙이다. 유나는 마음 같아서는 영석을 먼저 아웃시키고 싶었지만 참아야 했다. 위치가 발각되지 않기 위해서는 한 명씩 은밀히 처리하는 수밖에 없었다. 유나가 발각되는 순간, 팀은 바로 졌다고 봐야 한다. 그동안 재석과 지민이 시간을 벌어 줘야 하는데 참 난감했다. 유나는 내심 재석과 지민이 선공하지 않고 기다려 주길 바랐다. 적들이 흩어져야 자신의 위치가 발각되지 않고 적들을 은밀히 처리할 수 있기 때문이다.

그러나 재석은 유나의 기대를 저버리는 놈이었다. 재석이 먼저 영석을 향해 사격을 시작했다. 그는 영석을 맞히지 못하고 뒤에 있던 애꿎은 사람을 맞혔다. 위치가 적들에게 발각되어 재석과 지민이 숨은 곳에 집중포화가 시작됐지만 유나는 섣불리 적에게 사격할 수가 없었다. 그러다 적들이 서서히 주변으로 흩어지기 시작하자, 유나는 신중하게 타깃에게 총을 겨누었다. 유나의 첫 타깃은 재석과 지민의 머리 위를 공격하기 위해 옥외 계단을 통해 건물에 올라가는 적군이었다. 적이 조심스럽게 재석에게 조준하는 순간, 유나는 총을 발사해 정확히 적의 어깨를 맞혀 아웃시켰다. 적은 고개를 들어 나무 위에 있던 유나를 바라봤다. 아웃된 자는 적의 위치를 발설할 수 없어서 아래에 있던 적들이 건물 위로 올라간 동료가 어디에서 공격을 받았는지 알지 못했다.

은밀하게 재석과 지민에게 다가서는 적들의 동태를 살피던 유나가 깜짝 놀랐다. 재석과 함께 있어야 할 지민이 보이지 않았기 때문이다. 멍청이 같으니, 나대지 말고 가만히만 있어도 되는데 하는 짓 하고는. 유나는 지민을 열심히 찾았지만 보이지 않았다. 이때 재석이 코앞까지 접근한 적과의 난타전에서 승리했다. '오, 제법인데?' 재석이 다시 보이려는 순간이다. 하지만 아니나 다를까 재석은 기대를 저버렸다. 적을 제압하고 의기양양하게 어깨를 들썩이며 웃어 대다가 곧바로 총격에 아웃됐다. 유나가 건물 안 빈 유리창에서 재석을 저격한 적을 발견하고는 바로 방아쇠를 당겼다. 여지없이 적이 아웃됐다. 아홉 명 중에 네 명이 아웃. 이제 남은 적은 다섯 명이다. 지민이 꼭꼭 숨어 있다는 가정하에 시간이 걸리더라도 천천히 한 명씩 제거하면 유나의 팀이 승리할 수도 있었다. 유나는 자신감이 들기 시작했다.

적들은 아직도 지민이 숨었던 곳을 에워싸고 있었다. 한 명이 움직이기 시작했다. 유나는 그 적군이 대열에서 이탈하기를 기다렸다. 적이 다시 건물 옥상으로 올라가자 유나는 기회를 놓치지 않고 침착하게 적을 제압했다. 유나는 회심의 미소를 지었다. 그런데 아웃된 적이 나가면서 유나가 있는 쪽을 쳐다봤다. 그 모습을 영석이 놓치지 않았다. 의도적인 행동이었다.

"비열한 자식들."

유나는 총구를 거두었다. 나머지 네 명의 적이 흩어져 숨으며 총구를 유나가 있는 나무로 겨누었다. 적들의 공격이 시작되고 유나는 매미처럼 최대한 몸을 나무에 밀착시켜 그 공격을 무마시켰다. 유나 주변으로 붉은색 레드 탄이 터졌고, 점점 포위망이 좁혀지며 꼼짝없이 아웃될 운명에 처했다. 그때였다. 빠른 속도로 어디선가 나타난 지민이 한 명을 아웃시켰다. 적에게 근접전을 펼치는 공격이었다. 굴러다니는 돌멩이도 쓸데가 있다더니, 지민의 가세로 유나의 나무 주위에 몰렸던 적들이 흩어졌다. 유나는 그 틈을 이용해 재빨리 나무에서 내려와 지민과 합류했다.

유나가 지민에게 지시했다.

"넌 들키지 않게 몸 숨기면서 내 뒤만 따라와."

유나가 뒤를 맡기자 지민이 순식간에 폐건물 입구 차양으로 향했다. '뭐지?' 유나는 입이 떡 벌어졌다. 벽을 차고 뛰어올라 한 손으로 매달린 채, 차양 위로 올라갔기 때문이다. 유나는 정신을 다시 가다듬고 벽을 등진 채 적들의 동태를 살폈다. 구석을 막 도는 순간, 빨간 페인트가 벽에 튀었다. 조금만 늦게 비켰어도 아웃될 뻔했다. 유나가 지체 없이 적의 사격에 대응하여 교전이 한창일 때, 뒤쪽에서 적 하나가 아웃됐다. 유나의 뒤를 파고들던 적이 지민의 공격에 아웃된 것이다. 유나는 새삼 지민의 행동 하나하나가 우연으로 치부하기엔 너무 숙련된 동작이라는 걸 깨달았다. 지민이 군화 소리를 내지 않고 조용히 접근하는 것도, 유나가 이동 중 탄창 교환을 위해 멈춰 섰을 때, 지민이 앞으로 나서며 사주경계를 해 준 것도 그랬다.

유나 팀이 예상외로 선전하자 적들은 궁지에 몰렸다. 적들을 더 초조하게 만들기 위해 아주 조심스럽게 접근하기로 했다. 적에게 다다랐을 때, 그들은 이미 자리를 떠나고 없었다. 유나는 건물 안으로 진입했다. 권총을 빨리 쏠 자신이 있었기에 자동소총을 어깨에 걸쳐 메고 건물 창을 향해 몸을 던졌다. 유나의 심장이 요동치기 시작했다. 권총을 빼 들고 복도를 지나 방들을 수색했다. 방 하나를 막 수색하려는 순간, 천장에 거꾸로 매달린 지민이 매복한 적의 뒤로 천천히 내려와 적을 아웃시켰다. 아웃당한 상대는 귀신에 홀린 듯 지민을 멍하니 바라보았다. 유나는 어이가 없어 웃음이 나왔다. 마지막 한 명, 영석이 남았다.

"마지막 놈은 내가 처리한다."

유나는 지민에게 경고하듯 말했다. 지민은 유나의 말에 말없이 고개만 끄덕였다. 방심하지만 않는다면 승부는 끝난 것처럼 보였다. 유나와 지민은 건물 밖으로 나와 영석이 숨어 있을 만한 곳을 찾아 자세를 낮춘 채 앞으로 조금씩 전진했다. 서두르다 오히려 역습당할 수 있기에 행동 하나하나에 신중을 기했다. 선두에 유나가 서고 후방을 지민이 지켰다. 유나는 지민에게 뒤를 믿고 맡길 수 있어 마음이 든든했다. 그때였다. 옆에 있는 엄폐물에서 소리가 났다. 유나가 시선을 옆으로 돌리는 사이, 앞쪽 나무 뒤에 매복하고 있던 영석이 기습해 왔다. 방심했다. 그러나 영석의 기습은 그가 원하는 결과로 이어지지 않았다.

뒤에 있던 지민이 재빨리 앞으로 나와 유나를 보호한 것이다. 지민은 영석의 총탄 세례를 받아 휘청거렸다. 인간 방패가 된 지민의 뒤에서 유나는 영석에게 탄을 꽂았다. 영석의 머리에 탄이 빨갛게 터지며 게임이 끝났다. 유나는 승리의 기쁨보다, 자신을 희생하고 마무리를 짓게 해준 지민에게 감동했다. 하지만 말은 퉁명스럽게 나왔다.

"너 도대체 정체가 뭐냐?"

지민은 아무 말 하지 않았지만, 순간 유나는 지민에게 빠져들기 시작했다. 유나는 자리를 빠져나가는 지민을 바라보며 입가에 피식 웃음 지었다. 지민의 정체가 무엇이든 이제부터 알아 가면 되니 상관없었다.

며칠 뒤 학부모와 귀빈들을 초대하여 군사교육 수료식이 열렸다. 계엄 사령관, 검찰총장, A 디펜스 회장, 질병관리청장, 정부 고위직이 함께 모인 성대한 자리였다. 이런 보기 드문 자리에 교육과정을 1등으로 수료하고 학년 장이 된 유나는 어깨에 힘이 잔뜩 들어갔다. 유나의 아빠인 계엄 사령관 최종혁은 주위 사람들로부터 딸보다 더 많은 축하를 받아 입이 귀에 걸렸다. 유나는 좀처럼 표정을 드러내지 않는 아빠가 표정 관리가 힘들 정도로 기뻐하는 모습을 오랜만에 봤다.

수료식이 모두 끝나고 유나가 귀빈석에 다가갔다. 최종혁이 기쁜 마음에 유나를 맞이하려 앞으로 다가섰지만, 유나와 마주한 사람은 그 옆에 서 있던 질병관리청장 정연주 박사였다. 유나가 공손히 인사했다.

"안녕하세요? 지민이 친구, 최유나라고 합니다."

정 박사가 얼결에 유나의 인사를 받았다. 최종혁은 유나의 행동에 멋쩍은 미소를 지었다.

* * *

힘찬 구령 소리가 웅장한 규모를 자랑하는 군사학교

운동장에 울려 퍼졌다. 운동장에는 제복 입은 3학년 학생들이 그룹별로 열을 맞춰 제식훈련을 하고 있었다. 지민은 유나가 이끄는 행렬의 맨 뒤에서 재석과 함께 훈련받으며 선두에 선 유나의 눈치를 살폈다.

학년 장 유나는 각 잡힌 제복을 입고 선두에서 학생들을 이끌었다. 그때 기회를 엿보던 재석이 먼저 건물 모퉁이로 도망쳤다. 재석은 땡땡이 하나는 천부적으로 타고났다. 다른 학과목에 땡땡이만큼의 실력을 보여 준다면 단연코 재석이 전교 1등이었을 것이다. 하지만 재석 곁에 있던 지민은 기회를 놓치고 말았다. 재석이 건물 안으로 사라지는 것을 확인한 지민은 초조해지기 시작했다. 유나와 학생들이 구령에 맞춰 운동장에 가장 가까운 건물을 돌기 시작하자, 그제야 몰래 대열을 이탈했다.

지민은 뒤를 힐끔거리며 복도를 빠른 걸음으로 걸었다. 주위를 둘러봐도 재석은 보이지 않았다. 그새 매점으로 향한 모양이었다. 모퉁이를 막 돌았을 때 지민의 눈에 교복에 녹색 견장과 노란색 휘장을 단 사람들이 보였다. 학교 기강을 잡는 선도부장 윤영석과 선도부원들이었다. 교칙을 밥 먹듯이 어기는 영석이 선도부장이라는 것은 참 아이러니했다.

그들은 투명한 플라스틱 안면 보호 마스크를 쓴 감염 인간 청소원을 빙 둘러싸고 있었다. 감염인간이 순수인 간 지역에서 일할 때는 감염 예방을 이유로 항상 마스크 를 써야만 했다. 하지만 마스크는 그저 감염인간과 순수 인간을 차별 짓는 도구일 뿐이었다. 순수인간 지역의 더 럽고 힘들고 위험한 일은 모두 감염인간이 도맡았다. 그 나마 그것도 선택받은 감염인간만이 순수인간 지역에 들 어와 일할 수 있었다. 영석과 선도부원들은 감염인간에게 집단 폭력을 가하며 그들만의 추악한 놀이를 하는 중이었 다. 지민은 그들을 무시하고 지나치려 했다. 괜한 일에 끼 어들기 싫었다.

신입생 서바이벌 게임 이후, 학교 친구들이 지민을 보 는 태도가 조심스러워졌다. 선천적으로 반응에 대한 표정 변화가 적었기 때문에 아이들 사이에서 로봇, 괴물로 불 리며 두려움의 존재가 되었다. 그래서 지민은 두 가지를 시작했다. 첫 번째는 재석을 따라다닌다. 재석의 튀는 성 격으로 지민의 존재감이 자연스럽게 사라졌다. 두 번째는 웃음 흉내. 거울을 보며 표정을 연습했다. 한쪽 입꼬리를 올리며 웃는 흉내는 당연히 부자연스러웠고 기괴하기까 지 했다. 평범하게 보이려고 했던 연습인데 아이들은 그

후 지민을 무서워하지도 가까이하지도 않았다. 지민은 순식간에 사이코로 전락했다. 하지만 유나와 재석이 여전히 지민과 함께했다. 유나는 누나같이, 재석은 동네 형같이 지민을 항상 챙겨 주었다.

"소식 들었어? 유나하고 약혼한다며? 저런 모자란 놈이 계엄 사령관 사위가 된다는 게 말이 되는 거냐?"

"사령관이 저런 사이코를 사위 삼고 싶겠냐? 바지 총리하고 쇼하고 있는 거야."

영석이 지민에게 들으라고 떠들어 대자 함께 있던 선도부원들도 맞장구치며 웃었다. 지민은 가던 길을 멈춰 섰다. 지민에게 쏟아진 비아냥 따위는 귀에 들어오지 않았다. 그런데 엄마를 흉보다니. 바지 총리, 그 말은 지민의 엄마인 질병관리청장 정연주 박사를 의미했다. 얼마 전, 정 박사가 계엄 사령부의 추천으로 임시 총리직을 맡게 되었다. 지민은 의외였다. 엄마에게 총리라는 자리를 제의한 계엄 사령부도, 그 자리를 수락한 엄마도. 하지만 곧 그 내막을 알게 됐다. 정 박사는 운영에 참여하지 않고 계엄 사령부가 실제 국정 운영을 했다. 감염인간에게 절대적 신망을 받고 있는 질병관리청장을 명목상 총리 자리에 앉힌 것뿐이었다. 그 후, 일사천리로 지민은 유나와 결혼까지 약속한 사이가 되었다.

"왜, 사이코? 기분 나빠? 그럼 기분 나쁜 표정을 지어봐. 그런 멍청한 표정을 짓고 서 있으면 네가 무슨 생각을 하는지 종잡을 수가 없잖아."

영석은 앞에 선 지민을 보며 말했다. 지민은 겁쟁이가 되었다. 정확히는 겁쟁이처럼 보이려 했다. 그는 지민으로 살게 된 이후, 상대방의 눈을 똑바로 쳐다보지 못하는 사람이 되었다. 분노해서 상대방의 눈을 마주치게 되면 내면의 본능이 깨어날 수 있기 때문이다. 지민은 눈을 살짝 내리깔며 말했다.

"바지 총리, 그건 올바른 표현이 아니라고 생각해."

"그러세요? 난 네 생각대로 말하고 싶지 않은데? 그러니까 빨리 꺼져. 유나만 아니면 넌 벌써 아웃이야."

잠시 멈칫하던 지민은 자리를 떠났다. 새삼스러운 일도 아니었다. 못 들은 척하면 그만이었다. 그사이에 감염인간은 청소 도구를 챙겨 자리에서 슬그머니 도망치려 했지만 얼마 못 가서 뒷덜미를 잡혔다. 또다시 그들은 장난감을 가지고 놀듯 감염인간을 가운데 몰아넣고 샌드백 치듯 주먹질을 했다. 사십대 초반으로 보이는 감염인간은 십대 학생들에게 속절없이 얻어맞았다. 지민은 한 걸음 한 걸음

옮길 때마다 속에서 분노가 끓기 시작했다. 뚜껑을 열지 않으면 넘칠 것만 같았다. 귀에서 이명이 들렸다. 감정을 억누를 때마다 나타나는 증상이었다. 그때 어느새 나타난 재석이 손에 든 빵 봉지를 내팽개치고 영석을 향해 달려들 었다. 재석의 발차기에 영석이 뒤로 나가떨어졌다. 당황하 던 나머지 선도부원들은 재빨리 재석의 팔을 붙잡고 늘어 졌다.

영석이 일어나며 말했다.

"네가 먼저 시작한 거다. 난 그냥 정당방위인 거지."

"감염인간에게 이런 짓 하지 말라고 내가 경고했지?"

재석의 말이 떨어지기가 무섭게 영석의 주먹이 날아갔 다. 이어서 재석의 입술이 터지며 피가 흘렀다. 이때, 갑자 기 쿵 하는 요란스러운 소리에 모두 멈칫했다. 지민이 교 실 문을 향해 머리를 박은 것이다. 철제 문이 안쪽으로 움 푹 우그러졌다. 지민은 분이 조금 풀리는 듯했다. 이마에 서 피 한 방울이 흘러내렸다. 그리고 아이들을 바라봤다. 선도부원들이 오싹한 듯 지민을 쳐다봤다. 영석의 입에서 자신도 모르게 말이 새어 나왔다.

"저…… 사이코."

재석이 지민에게 천천히 다가갔다. 그리고 지민의 어

깨에 손을 올렸다.

"걱정할 거 없어. 난 괜찮아, 친구."

지민은 재석을 걱정하기 보다는 단지 이런 식으로 조금이나마 분을 풀어서 다행이라는 생각이 들었다. 그러지 않았다면…….

"동작 그만!"

유나의 서슬 퍼런 목소리에 모두 얼어붙었다. 학년 장 유나가 뒤쪽에서 나타나 재석과 지민을 그대로 지나쳐 영석 앞에 섰다. 영석은 유나를 보고 눈길을 피하며 무슨 변명이라도 하려는 듯 입을 달싹였다.

"시끄러워, 아무 말도 하지 마. 안 봐도 뻔하니까."

유나는 영석의 말을 싹 자르고 바닥에 쓰러져 있는 감염인간을 보며 지민과 재석에게 말했다.

"감염인간을 치료실로 데려가 줘. 그리고 땡땡이는 차후에 책임을 물을 테니까 각오하는 게 좋을 거야!"

둘은 군말하지 않고 선도부원들에게 구타당한 감염인간을 부축했다.

"너희의 폭력 행위는 학칙과 인권 위반의 소지가 대단히 높지만, 나도 학년 장으로서 학생 관리를 못 한 책임이 있으니까 이번 일은 학생 부장 선생님께 보고하지 않을

게. 됐지?"

유나가 영석에게 말했다. 이때, 감염인간을 부축하고 옆으로 지나가는 지민과 유나의 눈이 마주쳤다. 유나는 지민 이마의 뚜렷하게 난 상처를 봤다. 재석의 입술은 눈에 들어오지도 않았다. 유나가 재석을 노려보자 재석은 고개를 좌우로 세차게 흔들어 부정했다. 유나가 영석에게 시선을 돌리자 영석은 당황하여 말을 더듬었다.

"사, 사이코는 내가 그런 게 아니야."

하지만 지민은 영석을 보고 있었다. 삐딱하게 고개를 젖힌 유나가 묘한 웃음을 지었다.

"이 자식이. 그럼 얘기가 달라지지."

"뭐?"

영석의 물음과 동시에 유나의 주먹이 영석의 얼굴로 향했다.

2

누런 가로등 불빛이 어두운 빈 사무실 창가에 스며들었다. 창밖 불빛을 보고 서 있던 단발머리의 세리가 문소리가 나자 돌아봤다. 완전무장을 한 군사경찰 중사가 조심히 문을 열고 들어왔다. 그는 세리를 보자마자 자동소총을 겨누었다.

"손 들어!"

세리는 군사경찰의 단호한 명령에 미동하지도 않고 짜증스러운 표정을 지었다.

"장난하지 마. 10분이나 늦었어."

그는 자동소총을 어깨에 메고 세리에게 다가왔다.

"미안, 오다가 한 군데 수금할 데가 있어서. 너도 알다시피 요즘 경기가 너무 안 좋잖아."

"구했어?"

그는 방탄조끼 앞주머니에서 USB를 꺼내 세리에게 전했다. 세리는 건네받은 USB를 뚫어져라 쳐다봤다.

"지금이 어떤 시댄데 꼭 이렇게 정보를 받아야 해?"

"인터넷과 핸드폰을 그들이 모두 통제하고 있어서 어쩔 수가 없잖아."

세리는 수긍하듯 고개를 끄덕였다.

"상류층 순수인간 정보라서 자료 빼내기가 힘들었어. 네가 찾는 놈이길 바라."

"꼭 이놈이어야 해. 이제 시간이 얼마 없어."

"딱하다 딱해. 놈을 찾아내도, 그놈이 너희를 위해 뭘 어떻게 하겠어?"

"그러게……."

세리는 그가 왜 감염인간의 희망인지 대장에게 물어보지 않았다. 대장이 찾는 사람이라는 것만으로도 그를 꼭 찾고 싶었다.

군사경찰이 자리를 떠났다. 그는 반정부 단체인 알비(ReBorn)의 브로커다. 자신은 감염인간을 위하는 박애주의자라고 주장하지만, 실은 돈이 되는 일이라면 뭐든 했다. 주로 치료제나 고급 정보를 넘겨줬다. 문밖으로 사라진 그가 얼마 지나지 않아서 다시 들어왔다. 머리 뒤로 손깍지를 끼고 들어온 그를 보고 세리는 또다시 그의 장난에 짜증이 확 밀려왔다.

"그만 좀 해."

하지만 장난이 아니었다. 군사경찰 뒤로 특임대 세 명이 야간 조준경을 장착한 총구를 앞세워 모습을 드러냈다. 빨간색 레이저 불빛이 세리를 향해 집중되자 심장이 요동쳤다.

"멍청하게 꼬리가 붙었군?"

"아니야, 그럴 리가 없어."

세리의 비아냥에 군사경찰이 억울한 듯 대답했다. 특임대 한 명이 군사경찰의 무릎을 꿇리고는 두 손을 케이블 타이로 묶었다. 나머지 특임대 두 명이 세리에게 명령했다.

"돌아서서 손 머리 위로 올려!"

세리는 손깍지를 머리 뒤로 한 채, 천천히 돌아섰다. 특임대가 세리의 손목을 잡아 케이블 타이를 채우려는 순간, 재빨리 자세를 낮추고 몸을 돌려 상대의 급소를 손으로 가격했다. 가격당한 특임대는 짧은 비명과 함께 앞으로 고꾸라졌다. 옆에서 총구를 겨누던 다른 특임대가 다급히 세리에게 방아쇠를 당겼다. 자동소총에서 불이 뿜어져 나오는데 세리가 이미 특임대가 겨누던 총구를 옆으로 잡아 돌린 뒤였다. 군사경찰 곁을 지키고 서 있던 특임대가 목에 관통상을 입고 바닥에 쓰러졌다. 세리는 숨 돌릴 새도 없이 왼쪽 손날로 자동소총을 움켜쥔 특임대의 울대뼈를 쳤다. 목을 잡고 고통스러워하던 특임대는 결국 돌려차기에 목이 꺾여 나가떨어지고 말았다. 세리는 죽은 듯 바닥에 엎드려 있는 군사경찰을 내려다봤다.

"일어나. 총에 안 맞았잖아."

그가 호흡을 가다듬으며 자리에서 일어나자, 세리는 케이블 타이에 묶인 손을 풀어 주었다.

군사경찰이 말했다.

"빨리 도망쳐."

"내가 알아서 할 테니까, 네 걱정이나 해."

세리는 문밖으로 나갔다가 아래층에서 계단을 뛰어오르는 둔탁한 군화 소리가 들려 사무실로 되돌아왔다. 군사경찰은 이미 구석진 곳에 몸을 숨긴 후였다. 세리는 창가로 다가가 거리를 내려다봤다. 거리는 이미 특임대로 가득했다. 짧게 심호흡한 뒤, 손목에 찬 고무줄을 꺼내 머리카락을 뒤로 질끈 묶었다. 그리고 망설임 없이 창문 밖

배관을 타고 옥상으로 올라가기 시작했다.

세리는 옥상으로 올라와 환풍기 뒤에 몸을 숨긴 채 숨을 고르며 옆 건물을 올려다봤다. 옆 건물은 불행하게도 세리가 있는 옥상보다 높았다. 옥상으로 이어지는 아래층 계단에서는 특임대의 조심스러운 발소리가 들려왔다. 설상가상으로 배관을 타고 특임대가 옥상에 올라오기 시작했다. 세리는 숄더 홀스터에서 권총을 꺼내 들었다. 이제 할 수 있는 일은 탄알을 다 소비하고 죽는 것뿐이다. 그때, 옆 건물의 창문이 세리의 눈에 들어왔다. 작은 창문이었으나 한 사람 정도 빠져나가기에 충분했다. 거리가 상당히 멀었지만 옥상보다는 낮은 위치였다. 세리는 혼자 중얼거렸다.

"한번 해볼까, 세리야?"

그 물음에 답하는 대신 권총을 숄더 홀스터에 넣고 자리에서 일어났다. 곧장 특임대가 다가오는 쪽을 향해 천천히 걸어갔다. 옥상 입구와 배관을 타고 올라온 특임대가 옥상 한복판에 서 있는 세리를 발견했다. 그들 모두 세리에게 총구를 겨누었다. 세리는 투항하려는 듯 서서히 손을 올리며 몸을 돌렸다. 그러다 갑자기 손을 내리더니 무서운 속도로 내달리기 시작했다. 그리고 일말의 망설임 없이 난간 턱을 밟고 옆 건물을 향해 도약했다. 허공에서 헤엄치듯 세리가 날았다. 순식간에 벌어진 일이라 특임대 모두 총구를 떨구며 이를 바라볼 뿐이었다. 세리는 좁은 창문으로 몸을 웅크리며 날아 들어갔다. 세리는 자신 있었다. 죽음 대신 조금이라도 희망이 있는 곳으로 몸을 던졌다. 어떻게 살아났는지 잘 알기에 함부로 죽음을 택할 수가 없었다.

세리는 바닥에 등을 댄 채, 꼼짝하지 않고 숨을 골랐다. 이마에 피가 흘러내려 손끝으로 닦아 냈다. 유리창 너머 건너편 옥상의 낯익은 실루엣이 세리의 눈에 들어왔다. 마상필이었다. 비웃음 지으며 자리에서 일어서던 세리가 잠시 주춤했다. 허벅지에 커다란 유리 조각이 박혀 있었다. 세리는 대수롭지 않게 유리 조각을 손으로 뽑아냈다. 찢어진 피부 안으로 기계장치가 설핏 보였다.

"영감이 또 잔소리하겠네."

세리가 미간을 찌푸리며 주머니를 뒤지다가 안도의 한숨을 내쉬며 다부진 손을 꺼내 펴자 작은 USB가 보였다. 유심히 USB를 들여다보며 물었다.

"넌 대체 어떤 놈이냐?"

* * *

심장을 울리는 강한 비트의 음악이 클럽에 울려 퍼지고, 디제이가 현란한 손놀림으로 디제잉을 했다. 그 모습을 본 지민은 자신도 모르게 입이 벌어졌다. 낯선 환경이 그의 가슴을 설레게 했다. 음악에 맞춰 열광하는 사람들이 눈앞에 펼쳐졌다. 비상계엄하에 통금이 해제되자 기다렸다는 듯이 가장 먼저 문을 연 곳이 바로 클럽이었다. 지민은 소문으로만 듣던 클럽에 처음으로 발을 디뎠다.

리듬에 맞춰 가볍게 춤추던 재석이 두리번거리는 지민의 옆구리를 찔렀다. 찰랑거리는 긴 금발을 한 유나도 지민 앞에 나타났다. 유나의 손에 이끌려 자리에 앉은 곳은 무대 앞 정중앙에 위치한 VIP석이었다. 편안한 라운딩 소파에 앉자마자 지민은 유나를 유심히 쳐다보았다. 학교에서 보았던 절도 있는 군인 같은 복장은 온데간데없고 화려한 의상에 가발까지 쓴 모습이었다.

재석이 유나를 놀리며 웃었다.

"학년 장의 이중생활인가?"

"시끄러워."

"지민아, 유나의 패션을 어떻게 평가하시는지?"

"병아리 같아."

"네. 솔직 담백한 대답, 감사합니다."

재석이 유나를 놀리며 웃었다.

"참 촌스러워서 못 놀겠네."

유나가 자리에서 일어났다. 지민의 시선은 유나의 뒷모습을 좇다가 어느새 춤추는 사람들에게 넘어갔다. 지민과 재석이 앉아 있는 VIP석은 클럽 사람들의 부러움을 사는 자리였다. 그 자리를 차지하려면 어머어마한 비용을 치러야만 했다. 낸즈와의 전쟁이 끝난 비상계엄 체제에서 지민은 총리 자리를 맡은 질병관리청장의 아들이었고, 유나는 계엄 사령관의 딸이었다. 그리고 재석은 A 디펜스 방위산업 회장의 아들이었다. 한마디로 세상 무서울 것 없는 상위 1퍼센트 자제들이라 어찌 보면 이들을 위한 자리인 셈이다.

지민이 재석에게 슬쩍 물었다.

"지난번에도 그러더니 왜 그런 거야?"

"뭐가?"

"감염인간 문제만 터지면 꼭 발 벗고 나서더라."

"그런 적 없거든요."

지민의 질문에 재석은 웃으며 어물쩍 넘겨 버렸다. 지

민은 소파에 몸을 깊숙이 기대고 무대를 바라봤다. 예전만 해도 이런 곳에 지민의 또래가 올 수 없었다고 한다. 하지만 계엄특별법으로 결혼 연령을 제한하면서 법적으로 성년이 16세로 변경되었다. 덕분에 이런 곳에 앉아 있다고 생각하니 기분이 묘했다.

투명한 플라스틱 안면 보호 마스크를 쓴 종업원 다섯 명이 사람들의 환호성 속에서 술과 안주를 들고 지민이 있는 테이블에 도착했다. 이들의 요란한 등장과 사람들의 부러움 가득한 환호성에는 이유가 있었다. 재석이 말로만 듣던 고가의 세트를 시켰기 때문이다.

지민은 얼음에 재워진 여러 종류의 와인을 가만히 바라봤다. 팬데믹 현상을 우려하여 국경이 봉쇄된 지 6년째, 난리 통에도 이런 와인이 버젓이 유통되고 있다니 놀랍기도 하고 한편으로는 씁쓸했다. 재석이 따라 주는 특별 제작 와인을 한 잔 마셨지만 지민의 입에는 쓰디쓴 술이었다. 불과 몇 년 전만 해도 살기 위해 무슨 짓이든 하려던 소년이 이제 남들이 부러워하는 자리에 앉아 와인을 마시고 있다니 믿기지가 않았다.

재석이 무대에 나가 춤을 췄다. 지민의 눈에 무대에서 춤추는 사람들의 모습이 차츰 느리게 보였다. 빠른 음악도 박자를 모두 셀 수 있을 정도로 느리게 들렸다. 사람들의 환호성이 비명 소리를 길게 늘어뜨린 것처럼 들리기도 했다. 처음 마셔 본 술에 온몸이 서서히 뜨거워지기 시작하고 눈이 감겼다. 지민이 손에 들고 마시던 와인병을 놓쳐 카펫 와인이 쿨렁쿨렁 넘쳐 흘렀다.

"자냐?"

낯선 여자가 지민의 코앞까지 얼굴을 들이밀고 물었다. 순간, 지민은 정신이 바짝 들었다. 어두운 클럽 불빛에도 매우 강인해 보이는 단발머리의 여자였다. 특이하게도 클럽에 온 사람답지 않게 항공 점퍼에 밀리터리 바지 차림이었다. 분명 클럽에 놀러 온 것이 아닐 것이다.

"누구?"

"네가 지민이냐?"

세리는 지민의 물음에 답하지 않고 오히려 되물었다. 그러고는 서슴없이 지민 옆자리에 앉았다. 지민은 세리의 행동을 경계했다. 가드를 부르려고 둘러봤지만 자리를 비우고 없었다.

세리는 마치 오래 알고 지낸 사람처럼 지민을 대했다.

"난 달달한 거 별로야."

"왜 이러는 건데?"

"너 곧 노출될 거야."

"무슨 소리야?"

세리는 지민의 귀에 대고 속삭이듯 말했다.

"네 존재가 드러나기 시작했어. 난 네가 우리와 같은 감염인간이라는 걸 알아."

이때, 지민의 뒤에서 유나의 날카로운 목소리가 들려왔다.

"누구세요?"

유나는 차분하게 테이블 앞에 모습을 드러냈다. 그새 옷이 바뀌었다. 하지만 지민의 눈에는 별반 달라 보이지 않았다.

"누구신데 제 자리에 앉아 있는 거죠?"

세리는 유나를 보고 짐짓 놀라는 표정을 짓다가 당당하게 말했다.

"네 자리, 내 자리가 어디 있어? 먼저 앉은 사람이 임자지."

유나가 화를 억누르며 어이없는 표정을 지었다.

세리는 지민에게 마지막 말을 남기고 자리를 떠났다.

"선택은 네가 해. 지금 날 따라오면 진실을 알게 될 거야."

어이없는 표정을 짓던 유나가 지민에게 눈을 흘겼다.

"얌전한 고양이가 부뚜막에 먼저 오른다더니. 정지민, 뭐 하자는 거야?"

"아니야."

억울한 듯 지민이 손사래를 치자 유나는 한숨을 쉬며 자리를 벗어났다. 지민은 단발머리 여자가 한 말을 다시 떠올렸다.

'우리와 같은 감염인간?'

유나가 어느새 자리에 돌아와 앉았다.

"어디 갔다 온 거야?"

"가드한테. 회원 관리가 왜 이 모양이냐고 따졌어."

하지만 지민은 세리의 신변이 걱정되어 밖으로 나왔다. 어둑어둑해진 클럽 뒷골목으로 들어섰지만 아무런 기척이 없었다. 뒷골목답게 음침하고 지저분할 뿐이었다. 지민이 발길을 돌리려는 순간, 한쪽 막다른 골목에서 말소리가 들렸다. 천천히 소리 나는 쪽으로 가 보니 그곳에는 세리가 100킬로그램이 넘는 거구의 가드 두 명에게 둘러싸여 있었다.

"저한테 왜 이러세요?"

"너 감염인간이지?"

"아니요."

"순수인간이야?"

"그것도 아닌데요."

"그럼 뭐야?"

"그냥 인간이라고."

"이게 어디서 말장난이야! 너 오늘 죽을 줄 알아."

약이 바싹 오른 가드가 팔목에 찬 번쩍이는 금장 시계를 풀러 주머니에 넣고, 세리에게 다짜고짜 따귀를 올렸다. 하지만 그의 손바닥은 허공을 갈랐다. 세리가 자세를 낮추더니 가드의 옆구리를 빠르고 강하게 쳤다. 거구의 가드는 숨이 막히는 듯 옆구리를 잡고 바닥에 주저앉았다. 아마도 갈비뼈 두 대 정도는 부러졌을 것이다. 지민은 그 순간을 놓치지 않고 유심히 지켜봤다. 단숨에 적을 공격하는 특공무술이었다.

또 다른 가드가 씩씩대며 무지막지한 주먹을 세리에게 날렸다. 하지만 세리는 주먹을 가볍게 피하고 나서 강력한 돌려차기를 돌려줬다. 가드는 목이 꺾여 경추가 골절되었을 것이다. 지민은 세리에게서 살기를 느꼈다.

세리가 어둠 속에 몸을 숨긴 지민에게 다가왔다. 다가온 건 세리였지만 질문은 지민이 했다.

"왜 날 감염인간이라고 했지?"

"대장을 만나게 해 줄게. 그가 전부 말해 줄 거야."

"대장?"

"너의 생명을 구해 준 사람."

3

어둠을 뚫고 10층 건물 높이의 거대한 장벽이 지민의 눈앞에 드러났다. 넓디넓은 순수인간 지역을 감싸고 있는 높은 장벽을 올려다보며 세리에게 물었다.

"여길 어떻게 기어 올라가?"

"기어서는 못 올라가지."

세리는 철조망을 뛰어넘어 장벽으로 올라가는 철제 계단을 올랐다.

"초소로 가는 계단이야. 전쟁이 끝나고 초소가 폐쇄돼서 지금은 사용하지 않아."

지민은 세리의 뒤를 따랐다. 그 누구도 자신을 감염인간이라고 부르는 사람은 없었다. 낸즈였던 적이 없었기 때문이다. 지민은 왜 자신을 감염인간이라고 한 건지 궁금했다. 그리고 오랫동안 자신을 찾아다녔다는 말도 마음에 걸렸다. 항상 잃어버린 기억 때문에 마음에 갈증을 느끼고 있었는데, 진실을 알려 주겠다는 자가 나타나 따라나섰다. 그만큼 진실을 알고 싶은 마음이 절박했다. 어느새 지민과 세리가 장벽 정상에 올랐다.

"내려가는 계단은 어디 있어?"

"왜 이렇게 멍청해? 장벽은 침입을 막으려고 지은 건데 누가 올라오라고 계단을 만들어?"

"초면에 말을 너무 막 하는 거 아니야?"

"빨리 배기구로 들어가."

세리와 지민이 좁은 배기구로 기어들어 갔다. 슬슬 진실을 알겠다고 이런 돌아이의 뒤를 따라온 게 후회되기 시작했다. 좁은 배기구에서 지민은 몸을 뒤척이며 한숨을 내쉬었다. 배기구를 빠져나오니 터널 한가운데였고 순수 인간 지역으로 연결된 터널은 막혀 있어서 칠흑같이 어두웠다. 그나마 듬성듬성 비상등이 켜져 있었다.

세리가 지민에게 나직이 말했다.

"여기는 지하 터널하고 연결되어 있어. 한쪽은 막혔고 나머지 한쪽이 감염인간 지역으로 가는 입구야. 터널 길이는 1킬로미터. 터널에 도착하면 죽기 살기로 뛰어야 해,

알았어?"

지민은 왜 그래야 하는지 물으려 했지만 밑도 끝도 없이 내달리는 세리를 쫓아 일단 전속력으로 달리기 시작했다. 세리의 말도 안 되는 속력에 지민은 혀를 내둘렀다. 자신도 달리기 하면 어디서 빠지지 않았건만, 세리와 비교하면 느려 터진 굼벵이 같았다.

지민은 숨을 고르며 통과해 온 터널을 뒤돌아봤다. 순수인간 지역을 감싼 거대한 장벽이 한눈에 들어왔다. 바이러스에 감염된 낸즈를 막기 위해 만들어진 장벽에는 거대한 그림이 그려져 있었다. 얼굴 형태가 없는 눈만을 그린 그림. 그 눈은 감염인간 지역과 슬럼가를 내려다보며 마치 감염인간을 감시하는 듯했다. 감염인간들은 순수인간 지역을 가로막은 장벽을 볼 때마다 거대한 눈 때문에 주눅 들었을 것이다. 장벽에는 지난날 바이러스에 감염되어 사람들을 해쳤던 죄의식을 건드리기 위한 의도가 숨어 있었다. 터널을 빠져나오자, 세리는 한쪽 구석에 감춰진 스쿠터를 꺼내 왔다.

"야, 타!"

세리의 말에 지민은 어이없었다. 한눈에 봐도 낡고 작은 스쿠터였다.

"싫으면 뛰어오든지."

세리는 낡은 스쿠터에 시동을 걸었다. 어쩔 수 없이 지민은 세리와 함께 낡고 작은 스쿠터에 앉아 세리의 허리를 잡으려고 했다.

"내 몸에 털끝 하나라도 건드리면 그날이 바로 네 제삿날이야."

세리의 무시무시한 음성이 지민의 귀에 들렸다. 스쿠터는 덜덜거리는 소음을 내며 감염인간 지역을 통과했다.

함께 도착한 곳은 낡아 무너질 것 같은 건물이 다닥다닥 밀집한 슬럼가였다. 그곳은 군사경찰도 함부로 통제하지 못하는 감염인간의 알비 거점 지역이었다.

지민은 세리를 따라 폐건물 3층으로 올라가 주변을 빠르게 둘러봤다. 그곳에는 자동소총으로 무장한 알비 대원과 허리에 커다란 중식도를 찬 자가 있었다. 위협적인 모습의 그가 대장임을 한눈에 알 수 있었다. 중식도를 찬 남자가 눈짓을 주자, 대원이 경계를 서기 위해 밖으로 나갔다.

지민이 먼저 입을 열었다.

"나에 대해서 뭘 알고 있죠?"

"나지원, 이게 네 이름이다."

"나…… 지원?"

"난 박흥범이라고 한다."

"지원이, 안녕? 난 세리야."

세리가 장난스럽게 인사하며 지민을 향해 경례하듯 손짓을 했다.

박흥범은 세리의 장난에 아랑곳하지 않고 말했다.

"너를 오랫동안 찾아다녔어."

"좋아요. 내 이름이 나지원이라 치고, 왜 날 찾아다닌 겁니까?"

"넌 감염인간의 구원자다. 우리를 구원할 마지막 희망."

지민은 헛웃음이 나올 뻔했다. 지민의 불편한 미소에 세리가 인상을 구겼다.

"이런 헛소리를 들으려고 생고생하면서 여기까지 온 게 아닙니다. 당신들 내게 다른 목적이 있죠?"

"넌 바이러스 면역항체를 가지고 있어."

지민은 박흥범의 말에 놀랐다. 세리도 모르고 있었던 듯 놀란 표정이었다.

지민이 박흥범에게 따지듯 물었다.

"심하네요. 나에 대해서 뭘 안다고 이러는 겁니까?"

"난 혼수상태에 빠진 널 난민 수용소에서 질병관리청까지 데려다줬어. 그곳에서 의식을 되찾았지만 넌 기억을 잃었고, 다시 질병관리청에서 보육원으로 보내졌다. 아마 정연주 박사는 네가 나상일 박사의 아들이라는 것과 바이러스 면역항체가 있다는 걸 몰랐을 거다. 그리고 난 네가 특전단의 몬스터 1호라는 것도 알고 있지."

지민은 자신이 유일하게 기억하는 비밀을 알고 있는 박흥범 때문에 당황스러웠다.

세리도 벌어진 입을 다물지 못했다. 하지만 이내 지민을 날카롭게 쏘아보며 어이없다는 듯 박흥범에게 따져 물었다.

"말도 안 돼! 아니, 어떻게 이런 멍청한 놈이……. 백번 양보해서 면역항체를 보유하고 있다고 쳐요. 그래도 몬스터라니요? 몬스터가 돈 주고 사는 물건인 줄 아세요?"

"세리야, 내가 지원 군에게 설명을 마저 다 할 수 있게 해주겠니? 지원 군, 내가 너무 성급하게 이야기를 시작한 것 같으니 찬찬히 설명하지. 자리에 앉게."

박흥범이 지민에게 의자를 권했다. 지민은 머리가 복잡했다.

"뭘 원하는 겁니까? 나도 모르는 과거를 들먹이면서, 날 구원자로 부르며 내가 당장 당신들 뜻대로 하길 바랍니까? 이게 당신이 말하는 진실입니까?"

"아직 못다 한 말이 있는데."

박흥범의 말에 사위가 조용해지는 듯했다. 아직 할 말이 남았단 말인가? 얼마나 더 충격적인 이야기가 남았을지 지민은 애가 탔다. 이자가 진짜 나의 과거를 모두 아는 사람인가? 그때, 갑자기 어두운 사무실에 서치라이트 불빛이 쏟아지고 확성기 소리가 건물 전체에 울려 퍼졌다.

"손 들고 투항하라! 너희는 포위됐다."

건물 밖에서 들리는 소리에 세리와 박흥범이 서로를 쳐다봤다. 세리는 재빨리 창문을 열고 창밖을 내다봤다. 드론 한 대가 마중 나온 듯 공중에 떠 있었다. 세리는 권총을 뽑아 들어 드론을 향해 쏘아 댔다. 총알 세례를 받은 드론이 추락하자, 세리가 창밖을 내려다보며 다급히 말했다.

"군사경찰이에요. 특임대도 도착하기 시작했어요."

아래층에서 폭음이 크게 들려오고 건물이 요동치며 진동했다. 흙먼지를 뒤집어쓰고 나타난 알비 대원이 박흥범에게 보고했다.

"부비트랩이 터졌어요. 곧 들이닥칠 겁니다."

"옥상으로!"

박흥범의 명령에 모두가 옥상으로 올라가기 시작했다. 단지 잃어버린 기억의 끝자락이라도 얻기 위해 왔을 뿐인데 상황이 이상하게 돌아갔다. 지민이 주춤하며 억울한 듯 세리에게 따져 물었다.

"내가 왜 도망가는 거야?"

"시끄러워! 빨리 뛰어."

세리가 지민의 등을 떠밀었다. 그들이 옥상 난간 앞에 서자 지민은 옥상 주변을 살폈다. 하지만 숨을 곳이 보이지 않았다.

"마땅히 저항할 곳도 없네요? 이쯤에서 투항하시죠."

그러나 알비 대원과 박흥범은 망설임 없이 차례로 옥상 아래로 몸을 던졌다. 지민은 당황했다.

"멍청하게 보지만 말고 빨리 뛰어내려!"

"이게 무슨 짓이야?"

"건물 아래에 완충 그물이 있어. 그냥 뛰어내리면 돼."

"먼저 가. 뒤따라갈게."

세리는 미심쩍게 지민을 바라보다가 아래로 뛰어내렸다. 지민도 따라 뛰어내리려다가 멈춰 섰다. 그리고 아래에 대고 소리쳤다.

"다시는 보지 말자!"

군사경찰이 옥상으로 올라오기 시작했다. 지민은 다가오는 군사경찰에게 아래를 가리켰다.

"저기로 도망쳤어요."

군사경찰이 지민을 둘러싸고 그 틈으로 특임대가 모습을 드러냈다. 지민이 무표정하게 쳐다보는데 그들이 다짜고짜 자동소총 개머리판으로 지민을 내리쳤다. 지민은 스러지며 뭔가 잘못됐음을 깨달았다. 이런 자리에서 표정 없이 그들을 바라보는 것은 어울리지 않았다. 나는 너의 적이 아니라는 걸 보여 줘야만 했다. 지민은 재빨리 인위적인 미소를 지었다. 하지만 그것이 특임대를 더 화나게 할 줄은 몰랐다.

특임대 한 명이 명령했다.

"밟아."

＊ ＊ ＊

"이름?"

"내 이름도 모르고 잡아 온 겁니까?"

"나이?"

"딱 봐도 당신보다는 어려 보이잖아요?"

특임대 조사 요원은 참을성이 사라지는지 몸을 조금씩 뒤틀기 시작했다.

"난 네 놈이 누군지 알아. 자, 순순히 가자. 이름?"

"누군지 안다며, 장난합니까? 내 꼴 좀 봐요. 이거 어떻게 할 겁니까? 납치당했다 돌아온 사람에게 이게 무슨 짓이냐고요."

지민은 덤덤한 표정으로 말했지만 화가 단단히 났다. 반정부 단체의 아지트에서 특임대에게 일방적으로 당한 폭행 때문이었다. 왜 이들에게 맞아야 하는가, 하는 생각이 들자 평소의 지민답지 않게 말과 행동이 좀 삐딱해졌다. 그러자 특임대 조사 요원이 자리에서 일어나 다짜고짜 지민에게 발길질을 했다. 지민은 의자와 함께 뒤로 쓰러졌다. 자리에서 일어나고 싶지 않았다.

후회스러웠다. 잃어버린 기억을 알고 싶은 호기심 때문에 이런 일이 생기고 말았다. 하지만 한편으론 자신이 나지원이라는 것과 바이러스 면역항체를 보유하고 있다는 놀라운 사실도 알게 되었다. 그리고 그가 아직 못다 한 말이 있다고 했다.

'그건 뭘까? 내 과거를 어디까지 알고 있지? 내 부모에 대해서도 알고 있는 걸까? 잃어버린 기억을 되찾는 것이 나에게 어떤 의미지?'

지민은 후회와 새로운 의문으로 몹시 헷갈렸다.

취조실의 문이 벌컥 열리고 마상필 중령이 들어왔다. 수갑을 차고 바닥에 쓰러져 있는 지민을 본 그는 당황하는 조사 요원을 매섭게 노려봤다. 지민이 그를 보며 어금니를 악물었다. 두 번 다시 만나고 싶지 않은 사람이었다. 그는 지민의 보육원과 훈련소 시절의 어두운 과거를 기억나게 했다.

날 알아보면 어떡하지? 성형수술로 변한 내 얼굴을 알아볼 수 있을까?

마상필의 검은 가죽 안대가 광택으로 번들거렸다. 조사 요원은 부동자세를 취하며 식은땀을 흘렸다.

"풀어."

조사 요원이 재빨리 지민을 일으켜 세워서 수갑을 풀자 마상필이 턱짓하여 밖으로 나갔다. 마침내 지민과 마상필이 얼굴을 맞대고 앉았다. 지민은 초면인 척 그를 쳐다봤지만 마상필의 눈길은 지민 목의 이니셜 J가 새겨진 목걸이에 머물렀다. 지민은 한쪽 입꼬리를 올리며 어색한 웃음을 지었다.

그러자 지민의 웃음이 불편한 듯 마상필이 말을 시작했다.

"본론으로 들어가지. 군사학교 3학년이고 어머님이 임

시 총리직을 맡으신 질병관리청 청장님. 그런 자네가 반정부 테러단 알비 아지트에서 체포됐다. 자네 같은 가문의 사람이 이들과 연계되었을 거라고는…… 생각하지 않지만, 우리는 작은 거 하나라도 놓치면 안 되는 애국자니까. 과정 중에 일어난 사소한 오해를 이해해 주길 바란다."

"과정 중에 일어난 사소한 오해요? 네, 애국자니까…… 이해합니다."

"그럼 지금부터 아주 솔직하게 말하겠네. 우리와 같은 편이니 자네도 솔직하게 대답해 주길 바라네. 알비와 무슨 일로 접촉했나?"

"접촉이 아니라, 납치인데요."

"그래, 납치. 박흥범이 자네에게 어떤 이야기를 했지?"

"박흥범이 누군가요?"

"좋은 질문이네. 박흥범은 테러단의 리더다. 이 사회를 갉아먹는 쓰레기 같은 감염인간의 리더."

"쓰레기요? 감염인간 덕분에 그나마 우리나라 경제가 이 정도 성장했다고 생각하는데요? 경제를 살리기 위해서 블루유즈 정책을 주장한 건 군부 아닌가요?"

마상필이 미간을 찡그렸다. 지민은 그런 마상필의 표

정을 보며 말했다.

"솔직하게 말하라고 해서."

"그들의 과오를 자네는 경험하지 못해서 그런 거야. 그들은 사람이 아니야. 괴물이지."

"그런 괴물이 일궈 온 자리에서 지금 밥 먹고 살고 있지 않나요?"

"우리는 같은 편인 줄 알았는데. 자네 사상을 조금 조정할 필요가 있어 보이는군."

"내가 보기엔 중령님이 조금 이상한 거 같아요."

마상필의 심기가 매우 불편해지기 시작했다. 그가 한쪽 눈으로 매섭게 지민의 눈을 노려보자 지민은 마상필의 눈을 피했다. 지민은 화가 날수록 상대방의 눈을 볼 수가 없었다. 무의식적으로 감정을 숨겨야 하기 때문이다.

"하나만 알려 주지. 그자와 얽히면 지옥을 맛보게 될 거야. 그리고 네가 원하든 원하지 않든 넌 우리를 도와야 해. 그러지 않으면 자네 어머니까지 위험해지니까."

"지금 날 협박하는 건가요? 상대를 잘못 골라잡은 것 같은데. 당신이 먼저 위험해질지도 몰라요."

"썩은 사과는 어떤 상자에든 하나쯤 들어 있지. 자네는 썩은 사과가 되지 말아야 했어."

마상필의 말이 떨어지기가 무섭게 취조실의 문이 열리고 유나가 들어왔다.

"유나야."

"정지민, 그렇게 모르는 사람 따라다니지 말랬지? 어, 얼굴이 왜 이래?"

유나가 마상필을 매섭게 노려봤다. 마상필은 난처한 듯 시선을 외면했다. 유나의 날카로운 목소리가 취조실에 울려 퍼졌다.

"당신, 무슨 짓을 한 거야?"

* * *

오래된 마호가니로 된 최종혁 계엄 사령관의 서재가 마상필 눈에 들어왔다. 언젠가는 사령관이 되어 이런 서재에 앉아 있는 자신을 꿈꿔 왔던 마상필이다. 이제 물거품이 되는 건가 싶어 마음이 매우 허탈해졌다. 그는 최종혁과 함께한 세월만큼 그를 잘 알고 있었다. 사령관이 애지중지하는 딸의 약혼자를 건드린 것이 화근이었다. 현명하게 처신하지 못한 자신을 탓하며 마상필은 어금니를 꽉 깨물었다. 파이프 담배를 입에 물고 연기를 내뿜는 최종혁의 동작이 마치 영원처럼 느껴졌다.

"지민이 알비에게 납치됐다가 풀려났다는데, 왜 잡아들였지?"

"알비에게 정보를 제공하던 브로커의 입에서 지민의 이름이 나왔습니다. 그래서 조사가 필요했습니다."

"그렇군. 문제는 그 애가 특임대에 잡혀 있다는 사실을 유나가 알아냈다는 거야. 우리 일은 보안이 생명인 거 모르나, 마상필 중령!"

"시, 시정하겠습니다."

"자네는 내게 실망을 안겨 줬어."

자리에서 일어난 최종혁이 마상필에게 다가오자 그는 잔뜩 긴장하여 숨도 제대로 쉴 수가 없었다. 최종혁은 그의 견장에서 중령 계급장을 천천히 떼어 내기 시작했다. 올 게 왔구나, 여기고 마상필은 어금니를 깨물며 눈을 감아 버렸다. 하지만 뜻밖에도 최종혁은 그의 계급장을 대령으로 바꿔 달아 주었다. 마상필은 너무 놀라 심장이 멈추는 듯했다가 이내 심하게 요동쳤다.

"그동안 자네의 고된 임무에 비해 계급이 너무 낮았다, 마상필 대령."

"감사합니다……. 앞으로 목숨을 걸겠습니다!"

"자네 목숨 따윈 필요 없어. 더 이상 나를 실망시키지 말게. 난 자네가 필요해."

노크 소리도 없이 집무실로 사용되는 서재의 문이 열렸다. 그럴 수 있는 사람은 딱 한 사람, 사령관의 딸이었다. 유나가 집무실에 들어오자 마상필은 눈을 어디에 둘지 몰라 허공만 바라봤다. 유나의 따가운 시선이 느껴졌다. 마치 사령관을 두 분이나 모시는 느낌이 들었다.

"그만 나가 보게."

마상필 대령은 사령관의 말이 떨어지기 무섭게 그에게 경례를 붙이고, 유나에게도 90도 인사를 했다. 밖으로 나가기 위해 출입문을 열다가 유나가 흥분해서 사령관에게 하는 이야기를 잠시 엿들을 수 있었다.

"아빠, 정지민이 취조실에서 죽는 줄 알았대요. 온몸이 멍투성이가 됐더라고요. 어떻게 이런 일이 있을 수 있죠? 이번 일 관련자 모두 확실하게 처벌해 주셔야 해요."

"알았다. 내 지민이에게도 사과하마."

"약혼식 날이 바로 코앞인데 어떡할 거예요."

"알았다니까 그러네."

마상필 대령은 살포시 문을 닫고 사령관 집무실을 나왔다. 결과는 전화위복이었다. 어깨에서 대령 계급장이

빛났다. 그는 가만히 어깨의 계급장을 손으로 쓰다듬으며 더 높은 곳으로 가려면 몸을 사리자고 다짐했다. 하지만 마상필은 묘하게 낯이 익은 지민이 마음에 걸렸다.

* * *

정연주 박사는 지민의 상처 난 얼굴을 치료해 주었다. 지민은 치료받으며 다른 생각을 하는 것 같았다. 멍한 표정을 짓던 지민이 정 박사와 눈이 마주치자 덤덤하게 아픈 시늉을 했다.

"아, 아파."

"다 큰 놈이 엄살은……. 그래도 이 정도면 다행이라고 생각해. 앞으로 절대 낯선 사람들 따라나서면 안 되는 거야. 알아들었지, 아들?"

지민의 얼굴에 난 상처 하나하나에 빠짐없이 정성껏 치료해 주던 정 박사는 분개했다. 눈에 넣어도 아프지 않을 아들이 이런 모진 꼴을 당하다니. 하지만 아들 앞에서는 표를 내지 않았다. 지민은 치료를 받다가 스르르 잠에 빠져들었다. 하루가 길고 고됐는지 코까지 낮게 골기 시작했다.

"푹 자면 얼굴에 멍은 다 빠질 거야. 앞으로……."

지민의 코골이로 잠든 걸 확인한 정 박사는 의미 없는 잔소리를 멈추었다. 지민이 몸을 뒤척이자 잠옷 사이로 피멍이 든 옆구리가 드러났다. 스치듯 지민의 옆구리를 본 정 박사는 낮은 신음과 함께 자신의 입을 막았다. 가슴에 손을 대고 떨리는 가슴을 진정시켰다. 그리고 조심스레 그에게 이불을 덮어 주고 방을 빠져나왔다. 정 박사는 누가 아들을 납치했는지 깊은 생각에 잠겼다. 계엄군이 왜 이런 짓을 했는지는 짐작이 가지 않았다. 선천적으로 감정 표현을 하지 못하는 아들이라 내색하지는 않았지만 힘겨웠으리라 생각했다.

정 박사는 전화기를 꼭 움켜쥐었다. 한 가지 짚이는 게 있었기 때문이다. 이런 식으로 최종혁에게 끌려가면 안 되겠다는 생각을 했다. 다시금 끓어오르는 마음을 진정시키고 서재에 앉아 스피커폰으로 전화를 걸었다. 굳은 표정으로 길어지는 통화 연결음을 듣고 있는데 전화가 연결되었다.

"사령관님, 핫라인으로 전화드려서 죄송합니다. 꼭 드릴 말씀이 있어서 이렇게 결례를 범했네요."

"총리님, 별말씀을요. 제가 먼저 전화를 드려야 했는

데……."

"저 지금 화난 상태인 건 아시나요?"

"총리님, 알고 있습니다. 오늘 지민 군에 관해서 보고를 받았습니다. 이 친구들이 열심히 일하다 보니 뭔가 오해가 있었던 모양입니다. 심히 유감을 표합니다."

"유감을 표한다고요? 전 오늘 벌어진 일이 사령관님과 뜻을 달리하는 저에게 보낸 경고라고 생각하고 있습니다."

며칠 전의 일이었다. 최종혁 사령관으로부터 전화 한 통이 왔었다. 그는 정 박사에게 지민과 유나의 약혼식을 원활하게 하기 위함이라고 말하며 갑자기 치료제 개발을 중지해 달라고 부탁했다. 그동안 치료제를 받아 간 고위직 순수인간 명단도 넘겨 달라고 했다. 최 사령관이 총리직을 제의했을 때 이미 예견된 일이었다. 정 박사에게는 치료제 개발을 위한 시간이, 지민에게는 안전한 그늘이 필요했다. 그럼에도 정 박사는 최 사령관의 부탁을 단호하게 거절했었다.

"총리님, 아닙니다. 그런 일은 절대 없습니다. 지민 군은 며칠 있으면 우리 유나와 약혼을 합니다. 그건 제 아들이나 다름없다는 걸 뜻합니다. 두 번 다시 이런 일이 벌어지지 않을 겁니다. 제가 약속하죠."

"사령관님을 믿겠습니다. 저도 유나를 제 딸처럼 생각하고 있으니까요."

"그럼, 약혼식 때 뵙고 또 말씀 나누시지요."

정 박사는 통화를 마치고 자리에서 일어나 창문을 열고 창밖을 바라봤다. 생각을 정리해야만 했다.

박사는 밖에서 불어오는 서늘한 바람을 맞으며 크게 심호흡했다.

4

　도시 중심가에 있는 '화친'이라는 고급 한정식 식당 입구의 자갈길을 걸으며 마상필은 어이없다는 듯 웃음을 지었다. 고위직 공무원이나 재력가가 드나드는 곳에서 적의 정보원을 만나기로 했기 때문이다.

　며칠 전, 특임대 첩보실로 마상필과 거래하고 싶다는 긴급 전화가 왔었다. 그는 반정부 단체 알비의 정보원이라고 했다. 그의 첩보 내용은 알비 리더 박흥범이 비밀스럽게 누군가를 찾는다는 것이었다. 그의 말대로 알비 대원이 군사경찰과 거래를 하고 있었다. 접선 현장을 급습해 손쉽게 브로커인 군사경찰을 잡았지만, 알비 대원은 체포하지 못했다. 알비 대원은 특임대 세 명을 제압하고 신출귀몰하게 도망쳤다. 마상필은 옥상에서 옆 건물로 도망친 알비 대원을 보고 한눈에 그가 누군지 알 수 있었다. 두 다리가 잘려 나갔던 폐기 대상 182번이 사라진 뒤 더 강력해져서 나타난 것이다.

본부에 돌아온 마상필은 어떤 정보를 알비에게 넘겨주었는지 브로커를 직접 심문했다. 브로커가 넘겨준 정보는 정지민의 프로필이었다. 군사학교 3학년 정지민, 총리직을 맡은 질병관리청장의 외아들, 계엄 사령관 외동딸 최유나의 약혼자. 알비 놈들이 정지민을 납치하려는 것인지, 아니면 그의 어머니 정연주 박사를 포섭해 다량의 치료제를 노리는 것인지 마상필은 궁금해서 참을 수가 없었다.

그런 와중에 또 다른 정보가 들어왔다. 알비의 아지트를 알려 주는 고급 정보였다. 그런데 이 정보원은 정보를 우리에게만 판 게 아니었다. 교활하게 군사경찰에게도 정보를 넘겼던 것이다. 멍청한 군사경찰 때문에 놈들을 모조리 놓쳤지만 홀로 남겨진 정지민은 확보할 수 있었다. 그러나 정지민은 건드리면 안 되는 존재였다. 그의 뒤에는 작은 사령관, 유나가 있었기 때문이다. 다행히 일이 잘 마무리되어 앞으로 정지민에 대한 의혹은 머릿속에서 싹 지우기로 했는데 알비 정보원이 직접 마상필 대령을 만나고 싶다며 접선을 시도한 것이다.

한정식 식당 귀빈실에 마상필이 들어섰다. 약속 시간이 지났음에도 정보원은 나타나지 않았다. 심기가 불편해질 때쯤 운전병이 정보원을 데리고 들어왔는데, 그는 이미 한 시간 전부터 식당 근처에서 기다렸다고 했다. 하긴 그가 이런 곳에 혼자 출입이 가능할 리 없었다.

"장강철이라고 합니다."

그가 자리에 앉아 있던 마상필에게 악수를 청했다. 어이가 없는 마상필은 헛웃음을 지으며 그의 손을 무시했다. 머쓱한 손을 거두고 마상필과 마주 앉아 비굴한 웃음을 짓는 장강철은 군사학교에서 영석에게 괴롭힘당하던 바로 그 청소원이었다. 감염인간인 식당 종업원이 들어오자, 장강철은 보란 듯이 감염인간 보호 마스크를 벗어 던졌다. 여종업원은 놀라 마스크의 입가를 손으로 가렸다.

"여기 한우 스페셜 있죠? 그걸로 줘요."

장강철의 주문에 여종업원은 난처한 듯 마상필을 바라봤다. 마상필은 종업원에게 수긍의 의미로 고개를 끄덕였다. 음식이 나오자, 그는 마상필에게 빈말이라도 한번 먹어 보라는 말도 없이 고기를 구워 게걸스럽게 먹기 시작했다. 마상필은 참을성 있게 그의 말을 기다렸다. 만약 그가 허튼수작을 부린 거라면 용서하지 않을 참이었다.

그는 술 한 잔을 마시고 입을 열었다.

"내가 죽기 전에 꼭 오고 싶었던 식당이었는데……. 아, 이게 사람 사는 맛이지. 제대로 된 음식을 먹고 마시고. 앞으로도 계속 오고 싶네."

"어떤 정보를 넘길 건가?"

"내가 알비 정보원으로 활동하면서 한 가지 느끼는 게 있는데, 뭔 줄 아슈?"

마상필은 고개를 가볍게 저었다.

"목숨 걸고 열심히 일할 필요가 없다는 거야. 아무리 그래 봤자 나 같은 놈들 때문에 뭐든 성공할 수가 없다는 거지. 그래서 다른 놈이 배신하기 전에 내가 먼저. 하하!"

기분 나쁜 웃음소리에 마상필은 인상을 구겼다.

"질병관리청장의 외동아들."

장강철의 말에 마상필의 호기심이 도졌다.

"왜 박흥범이 정지민을 노리는 거지? 정연주 박사를 포섭하려는 건가? 치료제 때문에?"

"난 푼돈은 필요 없수다. 고급 아파트에서 살고 싶어요. 고급 차도 필요하고. 이런 식당에도 자주 오고 말이야. 아니지, 우선 내 신분부터 순수인간으로 바꿔 주쇼."

"그럴 만한 가치가 있는 확실한 정보라면, 가능하지."

장강철은 쩝쩝거리며 고기를 씹었다. 마상필은 그 소리가 귀에 거슬렸다.

"전에 던져 준 정보는 확실했는데…… 일 처리하는 게 어째 시원찮아 보입니다."

"네가 군사경찰과 더러운 이중 거래만 하지 않았어도 일이 쉽게 풀렸다. 지금 이 자리에서 널 화롯불에 구워 죽일 수도 있어."

"농담이 살벌하네요. 어떻게 사람을 화롯불에……."

"지금 당장 확인시켜 줄까?"

마상필의 불같은 기세에 장강철이 뒤로 물러섰다.

"정지민. 대장이 오래전부터 찾던 놈이에요."

"그러니까 정지민을 왜?"

"그가 바로 감염인간들의 구원자이니까."

"구원자?"

"그 애가 면역항체를 가지고 있답니다. 물론 대장과의 합류를 거부했지만."

마상필이 미동도 하지 않고 장강철을 노려봤다.

만일 이자의 말이 사실이라면…….

"말장난이 너무 심하군. 청장의 아들이 면역항체를 가지고 있는 걸 박흥범이 어떻게 안다는 건가?"

"정지민, 그 친구는 청장의 양아들입니다. 대장이 직접 수용소에서 살려 낸 나지원이라는 아이죠."

믿을 수 없었다. 마상필은 혼란스러운 머리를 정리하기 위해 고개를 돌렸다. 마상필 눈에 식당 실내에 장식된 격자무늬로 된 미닫이문이 들어왔다. 그는 격자무늬를 보며 하나씩 흩어진 퍼즐 조각을 맞춰 봤지만 실패했다. 문득 수용소에서 자신의 아이가 면역항체를 가지고 있다며 살려 달라고 외치던 부부의 모습이 그의 머리에 번뜩 스쳤다. 혼수상태에 빠진 그들의 아이와 박흥범……. 여기까지 생각하자 가죽 안대 너머에 비어 있는 눈 부위가 쑤셔 왔다.

"아직 놀라긴 이른 거 같은데…… 그 친구, 몬스터 1호라던데요."

마상필은 잠시 혼이 빠져나가는 듯했지만 이내 질병관리청장이 자신을 가지고 놀았다는 걸 깨닫게 되자 웃음밖에 나오지 않았다. 마상필의 퍼즐이 이제야 완성되었다. 마상필의 웃음에 장강철도 따라 웃자 마상필이 갑자기 검은 장갑을 낀 손으로 테이블을 내리쳤다. 테이블이 박살나면서 테이블 위에 있던 화로와 고기 판, 그릇 들이 바닥으로 나뒹굴었다. 장강철이 화들짝 놀라 자리에서 벌떡 일어섰다. 그래도 분이 풀리지 않는지 마상필은 이를 갈았다.

'청장이 날 속였어. 교활한 여우 같으니. 그래, 목걸이. 어째 처음부터 놈이 낯설지가 않더니······. 그놈이 목숨처럼 지녀 왔던 목걸이였어.'

"고기가······ 아직 남았는데 싸 가지고 가도 되죠?"

장강철이 바닥에 떨어진 고기를 주섬주섬 줍고 있는데 등 뒤로 마상필의 차가운 음성이 들렸다.

"다 넘겨."

장강철은 당혹스러움에 주저하며 천천히 주운 고기를 마상필에게 건넸다. 마상필은 손으로 고기를 바닥에 내치며 말했다.

"원하는 건 다 해 줄 테니까, 다 넘기라고."

* * *

마상필이 최종혁의 집 거실 입구에 부동자세로 서 있었다. 온통 화이트 톤으로 된 거실 분위기에 휩쓸려 넋을 잃기 전에 그는 머릿속으로 보고할 내용을 정리했다. 장강철의 정보가 사실인지 아닌지 확인해 보면 알 것이다.

하지만 지민은 사령관의 사위가 될 몸이다. 지난번처럼 잘못 접근했다가는 오히려 자신이 역풍을 맞을 수 있었기 때문에 사령관에게 전부 말하기가 망설여졌다. 그리고 박흥범의 제안을 정지민이 거부했다면, 최종혁 사령관과 한편이 될 수도 있었다.

그때 최종혁이 편안한 실내복 차림으로 거실로 들어섰다. 마상필이 부동자세로 최종혁에게 경례했다.

"중요한 사안인가 보군. 직접 보고를 하겠다고 찾아온 걸 보면."

"사령관님의 판단으로 결정할 문제가 생겼습니다."

"자리에 앉게."

"서서 보고드리겠습니다."

최종혁이 소파에 몸을 깊숙이 넣어 앉아 지긋하게 마상필을 바라봤다. 마상필은 마른침을 꿀꺽 삼켰다.

"믿을 만한 정보원의 정보를 획득했습니다. 정지민 군은 청장의 친아들이 아니라, 죽은 연구원의 아들이었습니다. 그리고 정지민이 낸즈 면역항체를 가지고 있습니다."

최종혁이 소파에서 들썩이며 거실 주변을 살폈다. 마상필은 실로 오랜만에 사령관이 당황하는 모습을 보았다. 그는 마상필에게 계속 말을 이어 가라고 손짓으로 재촉했다.

"박흥범은 처음부터 그 사실을 알고 정지민을 추적해서 접근했던 것 같습니다."

"그럼 정지민이 감염인간이라는 말인가?"

"그건 확실치 않습니다. 면역항체 때문에 낸즈의 형태를 보이지 않은 것으로 판단됩니다. 다행히 정지민은 과거의 기억을 잃은 상태고, 박흥범의 제의를 거절한 것으로 파악됐습니다."

"박흥범이 그 아이의 과거 기억을 모두 되살린다면, 우리와 절대 함께할 수 없다. 그건 그 아이도 마찬가지겠지만. 내일이면 모든 게 결정되겠군."

"예?"

"내일이 유나와 지민 군의 약혼식 날 아닌가?"

"아……. 네, 그렇습니다. 그리고 정지민은…….."

"놀라운 비밀이 또 남았나?"

"그는 특전단 몬스터 1호였습니다."

"이럴 수가. 청장이 우리를 가지고 놀고 있었군."

최종혁은 미간을 찡그리며 깊은 고민에 잠겼다. 마상필은 사령관의 고민을 느낄 수 있었다. 일이 잘 풀린다면 모든 것이 일사천리로 해결되겠지만 그렇지 않다면 결정을 내려야 할 순간이 찾아올 테니까. 모든 것은 여우 같은 질병관리청장, 정연주 박사에게 달려 있었다. 임시라고는 하지만 총리 대행 역할까지 하는 정 박사가 사령관과 뜻을 달리한다면 한바탕 전쟁을 치를 수도 있었다.

마상필은 자신 있었다. 총리가 치료제 명단을 넘겨주지 않아도 사령관의 적대자는 모두 체포될 것이다. 모든 군부는 사령관이 장악했으니까. 단, 군사경찰 단장 차도훈이 마음에 걸렸다. 그자는 총리의 호위를 담당하고 있는 데다 감염인간 가족이 있었다.

"우리에게 힘이 될지 짐이 될지는 내일이 되면 알게 되겠지."

"그럼 작전대로 진행해도 되겠습니까?"

그때, 유나가 약혼식 때 입을 순백색 드레스를 입고 거실로 들어왔다.

"아빠, 어때요?"

마상필은 입을 다물고 그 자리에 부동자세로 섰다. 그리고 유나에게 깍듯하게 인사했다.

최종혁은 유나에게 다가갔다.

"이렇게 아름다운 아가씨가 우리 집에 있었다니 믿기지 않는구나."

"참, 아빠는 그걸 이제 안 거예요?"

"내일이 지민이에겐 세상에서 제일 행복한 날이 될 것 같네."

최유나가 사령관 앞에서 재롱 떨듯 한 바퀴 돌며 웃어댔다. 마상필은 부녀의 닭살 멘트를 한 귀로 듣고 한 귀로 흘리며 그저 썩은 미소를 짓고 서 있었다. 최종혁 사령관이 슬쩍 마상필을 바라보고 고개를 가볍게 끄덕였다.

* * *

거실 현관에 있는 커다란 거울 앞에 지민이 섰다. 짙은 남색 슈트를 입은 지민이 넥타이가 익숙하지 않은 듯 조금 느슨하게 풀고는 웃는 표정을 연습하기 시작했다. 역시 어색했다. 하지만 마냥 무표정으로 있을 수만은 없기에 다양한 웃음을 지어 보이려고 연구했다. 어릴 적 기억이 사라지면서 표정도 함께 사라진 것 같았다. 표정을 잃어버리지 않았다면 이런 힘든 일은 하지 않아도 될 텐데.

곱게 한복을 차려입은 정연주 박사가 다가와 지민의 옷매무새를 정리하며 말했다.

"참 대견하다. 벌써 이렇게 커서 약혼식을 다 하고. 아들, 이제 출발할까?"

검은색 세단이 군사경찰 오토바이 세 대의 호위를 받으며 최종혁 계엄 사령관 관저의 정문을 통과했다. 정복을 입은 작전과장 한 소령이 자동차 문을 열자 정 박사와 지민이 차에서 내렸다. 검은색 베레모와 군복을 입고 현관을 지키던 특임대가 정 박사에게 절도 있는 거수경례를 붙였다. 한 소령은 정 박사와 지민을 관저 안으로 안내했다. 지민은 한 소령을 따라가며 주위를 살폈다. 집 안 곳곳에 특임대가 완전무장을 한 채 보초를 서고 있었다.

최종혁 계엄 사령관이 친히 정원 입구에서 정 박사와 지민을 맞이했다. 각 잡힌 정복을 입은 그의 모습은 천생 군인이었다. 그때 단정한 제복을 입은 유나의 카리스마 있는 모습이 떠올랐다. 유나는 아버지를 닮은 것이 분명했다.

"총리님, 어서 오십시오. 아니지, 사석에서는 사돈이라고 부르겠습니다. 사돈, 어서 오세요."

"네, 사돈어른. 앞으로 제 아이를 잘 부탁드립니다."

"아닙니다. 부탁할 사람은 접니다. 앞으로 우리 유나를 잘 부탁드립니다."

최종혁 사령관이 지민과 악수했다. 사령관은 맞잡은

지민의 손을 꽉 움켜쥐었다.

"이제 자네가 누군지 보여 줬으면 좋겠네."

"네."

지민은 얼떨결에 대답했다. 최종혁이 먼저 찾아온 귀빈들에게 정 박사를 소개했다. 정원에는 알비노니의 〈아다지오〉가 흘러나오고 있었다. 다양한 뷔페 음식으로 정갈하게 세팅된 테이블과 서빙하는 사람들로 성대한 잔치가 준비되어 있었다. 단출하게 약혼식을 올린다고 했지만, 아니었다.

지민은 한쪽에 서서 최종혁의 말을 곱씹었다.

'자네가 누군지 보여 줬으면 좋겠네.'

그냥 인사말이었을까? 지민은 그 말의 뉘앙스가 마음에 걸렸다. 몸과 마음이 불편했다.

이때, 지민의 뒷덜미에 갑작스러운 손길이 느껴졌다. 지민은 반사적으로 몸을 낮춰 피했다. 재석이었다. 재석은 자기가 주인공이라도 되는 양 멋진 슈트에 행커치프까지 꼽고 나타났다. 지민은 너무 예민하게 반응한 것이 민망했다. 그건 재석도 마찬가지였지만 금세 익살스러운 표정을 지으며 말했다.

"이 반응은 뭐지? 우리 지민이, 너무 긴장했구나."

잠시 후, 귀빈들이 정원 한가운데 레드카펫이 깔린 단상 아래에 모이기 시작했다. 행사가 시작될 모양이었다. 지민이 목을 빼며 단상을 바라보니 재석이 갑자기 눈짓을 주었다. 지민은 그게 무슨 신호인지 생각하다가 뒤늦게 깨달았다. 오늘은 약혼식 날이다. 지민이 주인공이라는 이야기였다. 사방에 최종혁 사령관과 관련된 군부 인사가 즐비하여 지민이 마치 그들의 들러리인 줄 착각하고 말았다. 지민이 귀빈들에게 가볍게 묵례하며 단상에 오르자 사람들의 눈이 모두 지민에게 쏠렸다.

정 박사가 그 옆에서 긴장을 풀어 주기 위해 농담을 건넸다.

"누굴 기죽이려고 작정했나? 여기는 온통 유나 아빠 사람들만 북적이는구나. 지민아, 결혼식은 우리 집에서 올리자. 그땐 하객을 온통 우리 사람들로 채우고. 알았지?"

지민은 고개를 끄덕이며 그러자고 답했다. 최종혁이 단상으로 올라오고 마침내 오늘의 진짜 주인공이 등장했다. 베토벤의 비창 소나타 2악장에 맞춰 유나가 순백색 드레스를 입고 나타나자 사람들이 웅성거리며 감탄했다. 지민도 눈을 비비며 자신에게 다가오는 유나를 보았다. 천사같이 눈부시게 아름다웠다. 지민과 눈이 마주친 유나가 살짝 윙크했다. 최종혁 사령관과 정 박사가 약혼식을 찾아온 귀빈에게 인사하자 귀빈들은 박수를 치며 환호했다.

유나가 지민에게 살짝 속삭였다.

"어때?"

"백조 같아."

"뭐, 백조? 빈말이라도 천사 같다든가, 뭐 좋은 표현 많잖아."

"예쁘다는 얘긴데."

지민이 시선을 정면에 둔 채 덤덤하게 말하자, 유나는 표정이 조금씩 밝아지더니 슬쩍 팔꿈치로 지민의 옆구리를 쳤다.

장미꽃으로 둘러싸인 테이블에 정 박사와 유나, 그리고 지민과 재석이 앉았다. 커다란 파라솔이 그들을 하나로 묶었다. 정 박사는 유나의 손을 꼭 쥐며 유나를 바라보았다.

지민이 슬쩍 엄마를 쳐다보며 말했다.

"엄마, 손에 땀나지 않아요?"

"나 참, 별걸 다 질투하네."

유나의 핀잔에 정 박사가 거들었다.

"아들, 엄마가 이렇게 예쁜 딸을 얻었는데 정말 이러기야?"

뷔페 음식을 게걸스럽게 먹던 재석도 지민에게 한마디했다.

"궁금하면 너도 유나 아버지한테 가서 '손 좀 잡아 주세요' 하고 부탁해."

"남의 가족 테이블에 앉아 있지 말고 네 아빠하고 같이 밥 먹어."

지민과 재석의 티격태격 말싸움에 정 박사와 유나는 못 말린다는 듯 웃음 지었다. 그때, 마상필이 나타나 즐거운 분위기를 깼다.

그가 정 박사에게 정중히 인사를 건넸다.

"총리님, 지금 사령관님께서 기다리고 계십니다. 잠시 같이 가시죠."

어색한 분위기가 감돌았다. 마상필은 정 박사 외에는 그 누구와도 눈을 마주치지 않은 채 함께 자리를 떠났다. 지민은 정복을 입은 그의 모습이 낯설기만 했다. 그는 사령관의 오른팔답게 진급이 무척이나 빨랐다. 며칠 전만 해도 중령이었던 그가 대령 계급장을 달고 나타났다. 유나는 아버지가 지민의 취조를 문제 삼아 관련자들을 처벌

했다고 했다. 그런데 그 중심에 있던 자가 진급해서 나타 났고 그렇다는 건 최종혁 사령관도 그의 행동을 용인했다 는 뜻이다. 아니면 직접 지시했거나.

분위기를 바꾸려는 듯 유나가 재석을 향해 부드럽게 말했다.

"그만 꺼져 줄래?"

"뭐, 예쁘면 다야? 나만 미워해."

재석이 장난스럽게 대꾸하며 자리를 비켜 주었다. 지 민은 엄마와 최종혁의 회동이 자못 신경 쓰였다. 지민도 분위기를 바꾸려 유나에게 문득 생각난 것을 물었다.

"넌 왜 나랑 결혼하려고 해? 이유가 알고 싶어."

"음……. 그런 생각이 들었어. 너무 힘들어 울고 싶어도 참아야 할 때, 네 앞에서는 눈물을 보여도 괜찮겠다는 생 각. 그러는 넌 왜 나랑 결혼하려고 하는 거야?"

"엄마가 원하시니까."

"뭐? 대단한 기대는 하지 않았지만, 정말 그게 다야?"

"계엄법 때문에 꼭 결혼해야 한다면, 다른 사람보다는 네가 낫지 싶기도 했고."

"참 고맙다."

유나가 새침하게 돌아앉았다. 지민은 서로 솔직하게

말했는데 토라진 유나를 이해할 수 없었지만 얼른 상황을 모면해야 했다.

"미안해."

유나는 지민의 마음을 읽으려고 눈을 들여다봤다. 하지만 그렇다고 그의 마음을 읽을 수는 없었다.

"뭐가 미안한지 모르는 것 같지만, 너의 죄를 사하노라."

지금이었다. 지민이 아침에 새로 연습한 미소를 지어 보였다. 그 모습을 본 유나는 박장대소하다가 정색했다.

"그만해. 어디 가서 그렇게 웃지 마."

파라솔 아래로 물기 머금은 연두빛 정원이 햇빛을 받아 반짝거렸다. 그 반짝거림이 유나를 천사처럼 보이게 했다. 그때 유나의 어깨 너머로 정 박사가 다가왔다. 박사는 하얗게 질린 얼굴로 자리에 섰다. 지민은 엄마가 최종혁과 무슨 이야기를 했는지 궁금했다. 다만, 낯빛을 봐서는 뭔가 분위기가 심상치 않게 돌아가고 있음을 느꼈다. 정 박사가 귀가를 서둘러서 유나만이 배웅에 나섰다. 최종혁과 마상필은 연회장 어디에도 모습을 드러내지 않았다. 귀빈들도 정 박사 모자가 떠나자 서서히 자리를 털고 일어나기 시작했다.

"어머니, 조심히 들어가세요. 오늘 고생하셨어요."

"유나야, 조만간 집에서 같이 밥 먹자. 미안해, 먼저 들어갈게."

"네, 어머니. 지민아, 어머니 잘 모시고 들어가. 전화할게."

유나도 뭔가 불안함을 느꼈는지 지민의 손을 꼭 쥐었다. 헤어지기 싫은 마음을 읽을 수 있었다. 지민이 차에 타려는 순간, 뒤통수에 뭔가 서늘함을 느껴 뒤를 돌아봤다. 유나의 집, 불 꺼진 서재에서 누군가가 지민을 지켜보고 있었다.

지민과 정 박사를 태운 검은색 관용차가 군사경찰 오토바이를 앞세워 어둑해진 길가를 달렸다. 차는 방해받지 않고 도로를 시원하게 가르며 달렸다. 집으로 향하는 산길로 방향을 틀었을 때, 지민이 엄마의 동정을 살피며 조심스럽게 물었다.

"무슨 일 있어요? 유나 집에서 나올 때부터 표정이 좋지 않아 보여요."

뜸을 들이며 대답을 주저하던 정 박사가 입을 열었다.

"정치적인 문제라서 대답하기가 곤란하구나. 최종혁

사령관과 엄마가 생각하는 방향이 조금 다른 것뿐이야."

"말씀하기 곤란하시면 안 하셔도 돼요. 그런데 저, 엄마한테 묻고 싶은 게 있어요. 이 질문은 꼭 답해 주세요."

"무슨 일 있니? 뭐가 잘못되기라도 했어?"

"요 며칠 사이에 저에게 일어났던 일에 대해서 말씀드리려고요."

"어떤? 혹시 납치와 관련이 있니?"

"전 납치당한 게 아니라, 제 발로 알비에게 찾아갔어요."

"알비? 그 테러단 말이니?"

"네, 진실을 알려 준다고 했어요."

정 박사의 얼굴빛이 더욱 어두워졌다.

"박홍범이라는 사람을 만났어요."

"박홍범?"

"박홍범이 절 질병관리청에 데려다준 사람이래요. 그 자는 반정부 단체 알비의 리더예요. 저의 잃어버린 과거를 알고 있는 사람이죠. 그리고 제가…… 나상일 박사의 아들이라고 했어요."

"뭐라고? 나상일 박사?"

정연주 박사는 지민의 말을 듣고 충격을 받았다. 그리고 그것을 부정하듯 고개를 흔들었다.

"제가 바이러스 면역항체를 가지고 있다고 했어요."

계속되는 지민의 충격적인 말에 정 박사는 믿을 수 없다는 듯 지민을 바라봤다. 정 박사는 숨이 조금씩 가빠지기 시작해서 차창을 열었다. 창밖에서 시원한 밤공기와 풀잎 향이 차 안으로 훅 들어왔다. 정 박사는 숨을 한껏 들이마시며 마음을 진정시키려 애썼다. 지민은 엄마가 말을 꺼낼 때까지 가만히 침묵하며 기다리기로 했다. 얼마나 지났을까. 정 박사가 유리막 너머로 관용차 기사를 힐끗 쳐다보며 입을 열었다.

"나상일 박사 가족은 전쟁 중에 죽었다고 들었어. 그런데 어떻게……."

정 박사는 지민의 얼굴을 하나하나 그리듯 바라봤다.

"나상일 박사는 나와 대학 동기였고, 질병관리청 연구원으로 함께 일했단다. 그에겐 소아암에 걸린 아픈 아들이 있었지. 나도 같은 해에 아들을 낳았는데, 난 그와 자식에 대해 아무런 이야기도 나누지 않았어. 아픈 상처를 건드리는 것 같아서……. 그가 아들을 위해 피눈물 나는 연구 끝에 캔서큐어를 개발한 거야."

"그럼 제 친아버지가 이 불행에 책임이 있는 거군요."

"아니, 그렇지 않아. 캔서큐어는 전량 폐기되었단다. 모두 그렇게 알고 있었지. 하지만 누군가 캔서큐어를 유출했어. 책임이 있다면 오히려 내게 있겠지. 그때 내가 책임자였으니⋯⋯."

정 박사는 말을 멈추고 창밖으로 고개를 돌려 숨을 들이켰다. 다시 정적이 찾아왔다.

지민은 더 이상 기다리지 못하고 정 박사에게 물었다.

"제게 면역항체가 있는 걸 아셨어요?"

"면역항체라니, 몰랐어. 큰일 났구나. 이 사실을 또 누가 아니? 사람들이 널 가만히 내버려 두지 않을 거야."

"제 면역항체가 어머니 연구에 도움 되지 않을까요?"

정 박사가 천천히 지민의 얼굴을 매만지며 눈물을 글썽거렸다.

"아니야, 지민아. 면역항체를 뽑아내려면 브레인테스트를 거쳐야 하는데⋯⋯ 네가 죽을 수도 있는 테스트야. 널 또다시 죽음으로 내몰 수는 없어. 새로운 치료제가 거의 완성됐으니까 이 사실을 비밀로 해야 해. 절대 누구한테도 말해서는 안 돼."

지민이 정 박사의 손을 따뜻하게 잡아 주었다.

"어서 결혼을 서둘러야겠다. 알비가 널 가만 두지 않을 거야. 네 피를 모조리 뽑아서라도 치료제를 만들고 싶겠지. 넌 절대 박흥범과 다시 만나선 안 돼. 내 말 무슨 뜻인지 알지?"

＊ ＊ ＊

밤이 깊었지만, 지민은 잠들 수가 없어서 침대에서 이리저리 굴러다녔다. 감염인간들은 지민을 구원자로 불렀다. 면역항체가 필요한 이들의 절박한 절규일 것이다. 그러나 그들은 언제고 자신의 몸을 노리는 약탈자로 바뀔 수 있는 존재니 더욱더 몸조심해야 했다. 오늘 유나와 약혼하면서 최종혁의 적이 되어서는 안 된다는 것과 유나에 대한 책임감을 확실하게 느꼈다.

그런데 엄마는 최종혁과 무슨 이야기를 나누었기에 힘들어하는 걸까? 그와 어떤 정치적 밀약을 한 거지?

생각에 생각을 더하자 밤은 더 깊어만 갔다.

침대에서 뒤척이던 지민이 감았던 눈을 번뜩 떴다. 조심스러운 발소리가 지민의 귀에 거슬렸다.

지민이 살고 있는 집은 총리 관저다. 그 주변에는 군사경찰이 상주하며 순찰을 돈다. 이들의 눈과 귀를 피해 집 안으로 들어올 수 있는 자는 없었다. 만약 가능하다면 그건 무시무시한 집단이라는 것을 의미했다. 지민이 모든 감각을 동원하며 귀를 기울였다. 조심히 방문 손잡이를 돌려 밖으로 몸을 내미는 순간, 왼쪽 어둠 속에서 미세한 움직임이 느껴졌다. 하지만 어느새 오른쪽 측면에서 소음기를 장착한 총구가 지민의 머리를 지그시 누르고 있었다.

"쉿, 얌전히 같이 가 줘야겠다."

쉰 목소리였지만 앳된 목소리였다.

"집을 잘못 찾아온 거 아닌가?"

"그동안 숨어 지내느라 얼마나 몸이 근질근질했을까, 몬스터?"

몬스터? 이들은 지민의 존재를 알고 있었다.

"그게 뭔데? 장난감이야?"

지민의 시시껄렁한 농담에 복면을 한 남자가 어둠 속에서 나왔다. 그리고 총구를 겨누던 다른 침입자에게 빈정대듯 말했다.

"한번 붙어 보고 싶은데. 대대장이 살아만 있으면 된다고 하지 않았나?"

대대장? 마상필, 그의 작전이다. 그럼 유나의 아버지? 설마……. 약혼식을 올린 지 하루도 지나지 않았는데. 생각이 많아졌지만 우선 이 상황을 빨리 타개하는 것이 급

선무였다. 지민은 재빨리 희미한 어둠 속에서 복면 쓴 놈들을 파악하기 시작했다. 총을 겨누는 놈, 어둠 속에서 모습을 드러낸 놈 그리고 아직도 어둠 속에 숨어 있는 놈. 이렇게 2층에 총 세 명의 침입자가 있었다.

이때, 아래층에 현관문 열리는 소리가 들렸다. 두 명이 정 박사를 들쳐 업고 막 현관을 빠져나가고 있었다. 지민은 어서 납치되는 엄마를 구해야 한다는 압박감에 숨이 차오르기 시작했다. 하지만 계속 허세 부리듯 대화하며 이들의 허점을 노려야 했다.

"엄마는 잘 모시고 가라, 차멀미 하시니까. 알았지? 벽에 붙어 있는 놈이 대답해 봐."

지민의 말이 끝나기가 무섭게 어둠 속에 있던 침입자 또 한 명이 모습을 드러냈다. 지민은 정신을 집중했다. 온몸에 살짝 열이 오르며 현기증이 일었다.

"맞아, 살아만 있으면 돼. 특전단 몬스터가 전설인지, 아니면 겁쟁이 마마보이인지 확인해 보자고."

이제 본능을 깨울 시간이다. 서둘러야 한다. 지체하면 큰일이 일어날 수도 있어 조바심까지 들었다.

지민이 자신에게 총구를 겨냥하고 있는 침입자의 명치 끝에 가만히 손끝을 펼쳐 가져다 댔다. 그는 시선을 아래로 하여 웃기 시작했다.

"뭐 하는 거냐? 손가락으로 찌르기라도 하게?"

"시간 없어. 빨리 끝내자."

총구가 살짝 흔들렸다. 지민은 말이 끝나기가 무섭게 머리에 겨눠진 총구에서 비켜나며, 침입자의 명치를 주먹으로 가격했다. 손끝 정도의 짧은 거리에서 날린 주먹이지만 위력은 대단했다. 급소를 맞은 침입자는 외마디 비명을 내지르며 그대로 쓰러졌다. 지민은 쓰러지는 침입자를 감싸 안으며 재빨리 권총을 탈취했다. 맞은편에 있던 다른 침입자가 쏜 총알은 감싸 안은 침입자 몸에 박혔다. 이어 지민이 그에게 대응하여 쏘았다. 침입자가 목에 총알을 맞고 쓰러졌다. 나머지 한 명은 재빨리 1층으로 몸을 날렸다. 지민은 도망치는 침입자에게 총을 발사했지만 쓰러뜨리지 못했다. 지체할 새 없이, 바닥에 쓰러져 있는 침입자에게 총으로 마지막 일격을 가했다. 그리고 망설임 없이 2층 난간을 짚고 아래층으로 몸을 날려 가볍게 착지하고는 놈의 뒤를 쫓았다.

총상을 입었는지 도망치는 침입자는 복부를 움켜쥐고 뛰었다. 집 앞에는 라이트를 켠 트럭 한 대가 시동을 켠 채 기다리고 있었다. 관저 밖이 조용한 걸 보니 군사경찰을 모두 제거한 것이 분명했다. 침입자가 차에 다다르는 순간, 지민이 잔걸음으로 움직이며 두 손으로 조준하여 총을 발사했다. 한 발, 두 발. 침입자가 자동차 앞에서 고꾸라졌다. 그러자 트럭은 매몰차게 그를 버리고 도망치기 시작했다.

낭패다. 모든 침입자를 집 안에서 사살했어야 했다. 지민은 자책하며 도망치는 트럭을 향해 내달렸지만 사람이 자동차보다 빠를 수는 없었다. 정 박사를 구하기 위해 숲을 가로질러 내려가기로 했다. 지민의 집은 산 정상에 있어서 산비탈을 가로지르면 놈들을 앞지를 수 있을 것이다. 지민은 산을 타고 아래로 내려가기 시작했다. 대낮에도 산비탈을 빠르게 뛰어 내려가기는 어려운데, 하물며 어두운 밤이어서 지민은 온갖 신경을 곤두세우며 슬라이딩하듯 옆으로 미끄러지며 내려갔다. 나무와 작은 바위들을 피하며 내려가기가 쉽지 않았다. 그가 잠시 멈춰서 숨을 몰아쉬며 허리를 폈다. 산허리 쪽에서 희미하게 트럭의 전조등이 보이기 시작했다.

다시 지민은 힘을 냈다. 한 명도 그냥 보내지 않을 것이다. 그가 어금니를 악물고 내달리기 시작했다. 조금만 더 가면 놈들을 잡을 수 있었다. 그때, 지민의 한쪽 발이 푹 빠지면서 나무 덩굴에 걸렸다. 내려가던 속도에 중심을 잡지 못하고 앞으로 굴렀다. 멈출 수가 없었다. 퍽 소리와 함께 그가 비탈에 쓰러졌다. 전조등을 밝히며 차는 산길을 빠르게 내달렸다. 트럭이 막 빠져나간 자리로 숲에서 지민이 튀어나왔다. 간발의 차로 적의 자동차를 놓치고 말았다.

허탈해진 지민이 점점 멀어지는 자동차를 보며 애타게 소리쳤다.

"엄마!"

지민의 절규가 어두운 산을 울려 대며 메아리쳤다. 귀에서 심한 이명이 들리기 시작하여 지민은 양손으로 머리를 감쌌다. 잠옷을 입은 맨발의 지민이 어두운 산길에 홀로 남아 달빛을 맞고 서 있었다. 점점 멀어지는 희미한 불빛은 하얀 점이 되었다. 비릿한 피비린내가 훅 풍겨 왔다. 나뭇가지에 깊숙이 찔린 지민의 옆구리에서 피가 흘러내렸다.

* * *

이어폰을 낀 세리가 리듬에 맞춰 고개를 좌우로 흔들

었다. 의료용 침대에 누워 있는 세리의 눈앞에 부러진 안경테를 하얀 테이프로 감은 후덕한 인상의 육십대 할아버지가 얼굴을 확 들이밀었다.

"인조 피부는 찢어지면 바로 보수해 줘야 한다고 했냐, 안 했냐?"

"거 아프지도 않은데 좀 찢어지면 어때서 그래, 영감."

"하여튼 요즘 젊은 애들은 무슨 말을 하면 들어 먹지를 않는다니까."

영감은 진단기로 세리의 다리를 스캔했다. 삐삐 소리를 내며 진단기가 천천히 세리의 다리를 훑고 지나갔다. 진단기 스크린에 두 개의 기계 다리가 나타났다. 그는 유심히 스크린을 들여다보았다.

"넌 내 인생 최고의 역작인데, 이렇게 다리를 마구 굴리면 어떡하니."

영감이 찢어진 부위를 스테이플러로 봉합하고, 피부 접착제를 바르자 세리 허벅지의 인조 피부가 말끔해지며 붙기 시작했다.

"찢어진 곳에 물이라도 들어가면 다리에 녹이 슨다고 했냐, 안 했냐? 나이 먹고 다리에서 삐그덕거리는 소리 들으면서 후회하려고?"

"아, 잔소리는. 영감 혹시 할매 아니야?"

"뭐야? 이게 삼촌한테 말하는 버릇하곤."

세리가 자리에서 일어나 옷을 추스르고 앉았다. 맞은편에 앉아 생각에 잠긴 박흥범을 보며 한마디 던졌다.

"대장, 그나저나 우리 정보를 퍼 나르는 놈 잡아야 하는 거 아니에요? 요즘 들어 우리가 나타나는 곳마다 정확히 특임대 애들이 나타난단 말이야."

"방법은 있어. 하지만 그렇게 서로 믿지 못하면 우리 조직은 사라지는 거다."

"아니면 대장이 사라진다고."

"내가 처음에 왼쪽 팔뚝이 감염됐거든. 그때 팔뚝을 잘라 내려고 중식도를 치켜들었는데……."

"그랬는데?"

"중식도가 이런 말을 하더라고. '조금이라도 여지가 있으면 함께 가는 게 어때?'"

"에이, 말도 안 돼."

박흥범의 말을 진지하게 듣던 세리가 야유를 보냈다.

"믿고 함께 가야지. 그보다 오늘 최종혁 딸과 정연주 박사의 아들이 약혼식을 올렸어."

"뭐야, 그럼 그 멍청이가 약혼을 했어요? 유나, 그 싸가

지하고?"

"최종혁의 딸을 아니?"

"뭐, 악연이 좀 있죠. 암튼 다 물 건너갔네. 뭐 하러 그런 놈을 몇 년째 찾아다니고 있었대?"

"하지만 나지원은 최종혁과 함께할 수 없다, 절대."

"약혼했다면서요? 그럼 다 끝난 거지. 나 참, 똥인지 된장인지 먹어 봐야 아나?"

그때였다. 아지트의 문이 벌컥 열렸다. 문으로 들어선 자는 피로 얼룩진 잠옷에 맨발인 지민이었다. 박흥범도 세리도 놀라 입이 벌어졌다. 그는 검붉은 피로 얼룩진 옆구리를 움켜쥐고 있었다. 영감은 치료 도구를 서둘러 챙기기 시작했다. 지민의 뒤를 따라 들어온 알비 대원 두 명이 머뭇거렸다.

"대장, 이자가 아지트 근처를 서성거려서 잡았는데, 대장을 꼭 만나야 한다고 해서 데리고 왔어요."

"확인할 게 있어서 찾아왔어. 나는……."

말을 끝내지 못한 채, 지민은 쓰러지고 말았다.

세리는 침대에 누워 있는 지민을 바라봤다. 지민의 상처 부위는 말끔하게 치료한 뒤 거즈를 덧댔다. 세리는 아직도 지민이 몬스터였다는 대장의 말이 믿기지 않았다.

특전단 훈련소가 어떤 곳인지 누구보다도 잘 알기 때문이었다.

'네가 정말 구원자가 맞는 거야?'

세리는 자신도 모르게 지민의 몸을 뒤적거렸다. 뭐라도 확인하고 싶었다. 사람의 눈도 똑바로 쳐다보지 못하는 멍청한 놈이었다. 그때, 지민이 악몽을 꾸는 듯 세리 앞에서 고통스럽게 흐느끼기 시작했다. 큰 부상에도 한결같이 덤덤한 표정의 지민이었다. 그런데 이렇게 괴로운 표정을 짓다니 의외였다. 단순한 악몽의 고통이 아니라, 낙인처럼 고스란히 얼굴에 찍혀 있었다. 세리는 지민이 애처롭게 느껴졌다. 그 고통스러운 얼굴을 보니 세리의 인상도 변해 갔다. 세리가 바싹 다가섰다.

'무슨 일이 있었던 거니? 평소에 그렇게 심드렁한 표정만 짓고 있더니.'

그때 갑자기 지민이 세리의 머리채를 잡았다.

"아, 이 자식이 미쳤나. 이거 안 놔?"

5

정신이 든 지민이 눈을 번쩍 떴다. 눈앞에 희미하게 전등이 보였다. 정신이 몽롱하고 온몸에는 힘이 없었다. 몸을 움직이려고 들썩였지만 목과 팔다리가 묶여 그럴 수가 없었다. 순간 정신을 잃기 전 기억이 돌아왔다. 생각이 짧았다. 지민은 특전단 대원들이 엄마를 납치한 걸 알고 정보를 얻기 위해 무작정 이들에게 찾아왔다. 하지만 이들은 치료제를 원하는 자들이다.

'내 면역항체를 벌써 빼갔을까? 아니면 이제 시작인가?'

그때, 밖에서 문소리가 났다. 지민은 재빨리 잠든 척했다. 그는 실눈으로 방 안으로 들어온 사람을 확인했다. 세리가 지민을 보며 방 안을 천천히 한 바퀴 돌았다. 호기심 어린 눈으로 바라보며 손가락으로 지민의 몸을 콕콕 찔러 봤다.

이게, 나를 실험 대상으로 여기나?

세리가 이번에는 손으로 지민의 상처 부위를 어루만졌다. 그가 눈을 번쩍 떴다.

"뭐 하는 거야!"

"깜짝이야! 보면 몰라? 상처가 도졌나 보잖아. 살려 줘도 난리네."

"이거 빨리 안 풀어!"

세리는 구시렁대며 지민의 목과 팔다리를 묶었던 끈을 풀었다.

"왜 묶어 놓은 거야? 내 면역항체를 벌써 빼 가기라도 한 거야?"

"아, 이걸 확! 죽여 버릴 수도 없고."

세리가 그에게 머리를 디밀었다. 세리의 머리 한가운데 피부가 빨갛게 성나 있었고, 머리숱이 적어 보였다.

"보이지? 네가 어제 내 머리채를 잡는 바람에 한 움큼이나 빠졌다고. 알아?"

"뭐?"

"그러니 하는 수 없이 온몸을 묶을 수밖에. 몬스터라는 놈이 아무리 혼수상태여도 어떻게 여자 머리채를 잡고 늘어질 수가 있냐고! 한 번만 더 내 몸에 털끝 하나라도 손댔다간 그날이 네 제삿날이 될 줄 알아, 알았어?"

지민은 세리의 싸늘한 경고를 들어야만 했다. 민망해하며 지민이 나가려 하자, 세리가 그를 막아 세웠다.

"확인할 게 있어서 찾아왔다며."

"생각이 바뀌었어."

"어디로 가려고?"

"유나 아버지한테 가면 알 수 있겠지."

"네 목숨이 위험할 수도 있는데? 그리고 정연주 박사가 네 친엄마도 아니잖아."

"말조심해!"

지민이 매섭게 세리를 노려봤다. 세리는 지민의 날 선 반응에 뜨끔했다. 그 눈빛에 주눅이 들 정도였다. 그러나 지지 않으려고 지민에게 도발했다.

"한번 붙어 볼래?"

그때, 박홍범과 영감이 방으로 들어서자 냉랭했던 분위기가 다시 차분해졌다.

"지원 군, 어제 어떤 일이 벌어졌는지 얘기해 보게. 그래야 대책을 세울 수 있지 않겠나?"

지민은 박흥범을 보며 따졌다.

"과거 이름이 뭐였든, 그렇게 부르지 말아 주세요. 내 이름은 정지민입니다."

"그래, 지민 군."

"엄마가 납치당했어요."

박흥범과 세리, 영감이 고개를 주억거렸다. 마치 일어날 일이 일어난 것처럼.

"그들이 날 몬스터라고 불렀어요. 이건 순전히 당신 책임이에요. 내 정보가 유출된 거잖아요. 분명 이쪽에서 정보가 새어 나간 거란 말입니다."

박흥범은 주위를 둘러봤다. 세리와 영감이 있었다.

"자네 정보는 우리 셋밖에 몰라. 그건 여기서 정보가 새어 나간 게 아니라는 거지."

"좋아요. 여기가 아니라고 해 두죠. 이제 가도 되겠습니까?"

"상황이 그리 간단치가 않아. 정연주 박사만 구하면 일이 끝나는 게 아니란 말이야. 돌아가는 상황을 파악해야 해."

"도대체 어떤 상황을 말하는 겁니까?"

지민은 화가 치밀수록 상처 부위가 욱신거리는 것 같

았다.

"얼마 전, 최종혁 사령관이 UN군과 밀약을 맺었다는 첩보가 접수됐다. 정연주 박사 납치 사건을 조작해 감염인간을 말살하려는 구실을 만든 거야."

"뭘 얻는다고 이런 짓을 한다는 겁니까?"

"목적은 단 하나, 감염인간을 모두 말살하고 순수인간의 초대 왕정을 수립하는 것. UN군은 밀약으로 최종혁을 지지하며 국제사회의 문을 열어 주겠지. 그들도 우리의 존재를 탐탁지 않아 하니까."

지민은 벌어진 입을 다물 수 없었다.

왕정을 수립한다고? 무슨 말 같지도 않은 소리를 하는 거야?

"너무 앞서가는 거 아닙니까? 내가 특전단 대원들 때문에 잠시 유나 아버지를 의심하긴 했지만, 당신이 농간을 부리는지도 모르는 거잖아요."

"이야, 표정 하나 변하지 않고 저런 소리를 지껄이다니. 대단하다. 우리가 네 엄마를 납치했으면 널 가만히 뒀겠니? 말이 되는 소리를 해야지."

세리가 지민에게 콧방귀를 뀌었다. 지민은 반박하지 못했다. 틀린 말은 아니었다. 그래서 더 화가 나는 것 같기도 하고.

"아무튼 전 유나의 아빠와 적이 될 수 없어요. 상황 판단 대충 끝났으니, 이제 갑니다."

세리가 영감에게 또다시 속삭였다.

"이거 치료비라도 받아 내야 하는 거 아니에요?"

지민은 얄미운 세리를 노려봤다. 세리가 능글맞게 웃었다.

"네가 최종혁과 함께할 수 없는 이유가 또 있다."

박홍범의 말 한마디가 지민의 발길을 멈춰 세우고 말았다.

박홍범은 지난날을 회상하듯 멀리 떨어진 수용소를 찬찬히 바라봤다. 핏빛 노을이 수용소 끝에 걸쳐 있었다. 수용소는 해가 지고 있음에도 계속해서 확장 공사를 진행했다.

"수용소를 다시 재가동할 모양이로군."

지민이 다그치듯이 박홍범에게 물었다.

"지금 뭐 하는 겁니까?"

"바로 저곳이 확장공사를 하는 수용소다. 저기에서…… 너의 부모님이 돌아가셨지."

박흥범의 말에 지민은 심장이 쿵 내려앉았다. 마른침을 삼키며 멍하니 수용소 자리를 둘러보았다. 아무 생각이 들지 않았다.

저곳이 엄마와 아빠가 죽은 곳이라고? 저 수용소에서?

"저 자리에서 마상필이 쏜 총탄에 두 분 모두 돌아가셨다."

지민의 머리가 감전되어 온몸이 타들어 가는 것 같았다. 마상필. 치가 떨리는 이름이지만 안락한 삶을 살고 있는 동안 잊고 지낸 이름이기도 했다. 그런 그를 다시 만난 건 알비와 접촉한 이후였다. 결국 이들이 지민에게 잊었던 고통을 안겨 주는 셈이었다. 마상필만큼이나 이들도 싫었다.

'그 인간이 부모님을 모두 죽였다고?'

한숨을 내쉬자 입에서 탄내가 나는 것 같았다.

"6년 전, 나상일 박사를 처음 만났을 때 나는 저 수용소 소장으로 있었어. 그는 자네가 바이러스 면역항체를 가지고 있다고 말했다. 하지만 최종혁의 명령을 받은 마상필은 자네를 죽이려 했지."

"면역항체가 있다고 분명히 밝혔잖아요. 어떻게 그런 명령을 내릴 수가 있죠?"

"그들은 너의 가족뿐 아니라, 수용소에 있는 난민 모두를 제거하길 원했어. 그들은 바이러스 치료가 필요 없었던 거야. 완전한 제거를 바랐지."

"말도 안 돼. 그래서…… 어떻게?"

"혼수상태에 빠진 자네를 지키려던 부모님은 마상필의 총탄에 희생되었다. 이래도 자네는 최종혁의 품으로 들어갈 생각이 있는 건가?"

당연히 아니다. 하지만 이런 말을 불쑥 들었다고 해서 지금 당장 복수하는 게 맞는지도 의심스러웠다. 하지만……. 또 심한 두통이 왔다. 이자의 말을 믿어도 되는지 혼란스러웠다.

"나는 누구의 편도 아니에요. 단지 평범하게 살고 싶었을 뿐인데 왜 나에게 이런 고통을 주는 건지 모르겠어요. 지나간 과거를 들춰서 도대체 내게 뭘 원하는 거냐고요!"

"너의 부모님은 널 위해 희생했다. 비단 너 하나만을 위한 희생이 아니라는 걸…… 나는 안다. 그분들의 죽음을 헛되이 하면 안 돼!"

"자신의 죗값을 대신할 희생양을 만든 건 아니고요? 난 기억에도 없는 부모님의 복수보다 살아 있는 엄마를 구하는 게 더 중요합니다. 이게 내가 최종혁과 적이 되면 안 되는 이유죠."

지민의 말에 박흥범, 세리, 영감의 표정이 굳어졌다.

"그만 가지."

박흥범이 자리를 떠나자 모두 그를 따라나섰다. 혼자 남겨진 지민은 내심 이곳에서 싸움이라도 벌어질 수 있다고 생각했지만 오산이었다. 뻘쭘하게 서 있던 지민에게 세리가 한마디 했다.

"뭐 해? 빨리 와! 밥 먹으러 갈 거야."

갑자기 다리가 풀리는 듯했다. 기가 막혔다. 이 중요한 순간에 밥을 먹으러 가자고? 세리의 말에 짜증이 났지만, 지민의 발길은 이미 세리의 뒤를 따르고 있었다.

지민이 그들의 뒤를 따라 작은 상점들이 밀집한 슬럼가를 지나갔다. 많은 감염인간으로 북적이는 재래시장은 지민에게 너무도 생소했다. 좌판에는 한 번도 보지 못한 오래돼 보이는 소형 가전제품과 일상생활에서 쓰이는 잡화가 즐비했다. 마치 역사 박물관을 보는 듯한 기분이 들었다. 지민은 이름 모를 고기들을 진열한 정육점을 지나다 걸음을 멈추었다. 정육점 옆에 간이 테이블에 그들이 옹기종기 앉아 있었다. 영감이 빈자리를 가리키며 함께하길 권했다.

낡은 건물에 어울리는 조잡한 네온 불빛이 하나둘 켜지기 시작했다. 꼬마전구가 매달린 간이 테이블에 박흥범과 지민, 세리, 영감이 나란히 앉았다. 지민은 지나가는 감염인간마다 박흥범에게 눈인사하는 걸 보았다. 사방에 눈과 귀가 있는 셈이었다. 지민은 오늘 밤이라도 이곳을 빠져나가 최종혁에게 가야 한다고 생각하며 주위를 살폈다. 세리는 커다란 냄비에 담긴 수육 한 점을 집어 밥공기에 올려놓고 허겁지겁 먹기 시작했다.

박흥범이 지민에게도 음식을 권했다.

"먹어 보게. 기운을 차려야 무슨 일이든 할 수 있지 않겠나?"

입이 썼다. 배를 채우기 위해 음식을 먹는다는 건 지금 지민의 상황에는 맞지 않았지만 마지못해 고기를 집어 먹기 시작했다. 낯선 비주얼 때문에 오만상을 찌푸리던 지민은 입맛에 맞는지 고기를 계속 입으로 밀어 넣었다. 한참을 정신없이 먹던 지민이 갑자기 동작을 멈췄다. 세리와 영감이 고기를 먹는 지민을 멍하니 바라보고 있었기 때문이다.

지민은 배가 부르자 몸에 온기가 돌고 힘이 나는 듯했다. 다시 생각을 집중했다. 이들이 엄마를 찾으러 가는 자신을, 기억에도 없는 부모님의 죽음까지 알려 주면서 이토록 만류하는 이유가 뭘까? 그건 최종혁과 같은 편이 되지 않게 하기 위해서였다. 그러나 그게 이들을 위한 일인지 자신을 위한 일인지 지민은 알 수 없었다.

박홍범이 술잔을 비우고 지민에게 말을 꺼냈다.

"정연주 박사는 자네를 보호하기 위해서 최종혁과 사돈을 맺으려 했지만, 그자의 편은 아니었다."

"그게 무슨 말이죠?"

"자네는 부정하고 싶겠지만, 이 사건은 최종혁 계략이야. 처음 계획은 감염인간에게 신뢰가 두터운 정연주 박사를 총리 자리에 앉혀서 치료제 공급을 중단하고, 감염인간이 치료제 때문에 소요 사태를 벌이면 이를 빌미로 제거 작전에 들어가려 했던 거야. 하지만 박사가 최종혁 계획에 동의하지 않자 납치라는 공작을 꾸민 것 같아."

"어떻게 그렇게 단정할 수 있죠?"

"우리에겐 사방에 눈과 귀가 있어. 순수인간에게도 감염인간이 된 가족이 있으니까. 그들은 우리와 함께하길 원해."

"좋아요. 가서 확인해 보면 알겠죠."

"솔직히 나에겐 정연주 박사보다 면역항체를 가지고

있는 자네가 더 소중해. 적의 소굴에 자네를 무작정 보낼 수는 없으니까."

"이제야 솔직해져서 좋네요. 두렵죠? 면역항체가 최종혁 편으로 설까 봐."

"그게 두려운 게 아니야. 내가 최종혁이라면 자네를 없앨 거야. 면역항체는 감염인간에게 희망을 주게 되니까. 딸의 약혼자, 그런 건 그자에게 문제 되지도 않아. 시간이 얼마 없다. 자네한테 상황을 다 이야기했으니, 이제 판단은 자네가 하게."

박흥범이 자리를 벗어났다. 영감도 박흥범을 따라나섰다. 멍하게 있던 지민의 머릿속에 유나의 모습이 떠올랐다. 유나는 처음 봤을 때 피하고 싶은 아이였다. 특히 유나의 배경이 자신을 숨겨야 하는 지민과는 맞지 않았기 때문이다. 그러던 어느 날, 지민은 군사학교 구석진 곳에 혼자 있는 유나를 발견했다. 그날은 유나답지 않게 슬픔에 잠겨 속으로 눈물을 삼키고 있었다. 지민은 문득 유나를 보호해 주고 싶은 생각이 들었다. 그래서 아무것도 묻지 않고 유나의 곁을 지켰다. 한참 시간이 흐르자 유나는 아무 일 없다는 듯 자리를 훌훌 털고 일어나 말했다.

"좋네."

뭐가 좋은지 지민은 알 수 없었지만 그날 이후, 자연스럽게 유나는 지민과 함께했다. 지민은 엄마를 잘 따르는 유나의 모습이 너무 좋았다. 그때를 떠올리니 유나를 빨리 만나 진실을 알고 싶어졌다.

계산을 마치고 포장된 고기를 받아 든 세리가 지민 앞에서 쭈뼛거렸다.

"이런 고기가 부잣집 도련님 입맛에 맞아서 다행이네."

"무슨 고긴데?"

"뉴트리아."

* * *

의자에 앉아 두 손을 깍지 낀 채, 정연주 박사는 골똘히 생각했다. 그들은 자신을 마취시켜 납치했다. 마취에서 깨어나자 특임대원이 이 방으로 안내했다. 특임대원이 모습을 드러냈다는 건 계엄 사령부, 곧 최종혁 사령관의 소행이라는 것이다. 왜 자신이 납치되었는지 궁금하지 않았다. 단지 지민이 걱정될 뿐이었다. 어딘가에 잡혀 있을 지민을 생각하자 분노가 치밀었다. 최종혁이 이런 무리수를 둘 거라고는 생각하지 못했기 때문이다. 도저히 용납할 수 없는 짓이다. 바로 전날 유나와 지민이 약혼식을 치르지 않았던가. 그게 무슨 일이든 분명 급하게 벌어지는 중이라는 걸 알 수 있었다.

한편으로는 자신을 책망했다. 최종혁이 약혼식 날 정 박사에게 또다시 같은 제의, 아니 협박을 했다. 새로운 치료제 개발 중단과 치료제를 받아 간 고위 공무원의 명단을 제출하라는 것. 그러지 않으면 사돈지간이라도 안전을 보장할 수 없다고 했다. 정 박사는 이번에도 단호히 거절했다.

최종혁의 야욕을 정 박사는 가늠하기 어려웠다. 단순히 감염인간을 이용해 자신의 반대 세력을 제거하고 집권하기 위함일까? 정신을 집중하고 지민의 안전만을 생각하기로 했다.

어느새 마상필 대령이 취조실로 들어와 정 박사를 한쪽 눈으로 삐딱하게 바라봤다.

"미리 연락드리지 못한 점, 사과드립니다."

"납치하는데 미리 연락하는 사람도 있나요?"

"납치라니요? 아닙니다. 저희는 총리님을 안전하게 보호해 드리는 겁니다."

"세상천지에 이런 보호도 있습니까? 우리 아들은 어디

에 있습니까?"

"뭔가 단단히 오해하신 것 같습니다. 다 제 불찰입니다."

"지민이는 어디에 있냐고요."

"지민 군도 오해를 한 것 같아요. 지금 행방을 찾고 있습니다. 꼭 이리로 데려올 겁니다."

"최종혁 사령관이 시켰습니까? 우리 모자를 잡아 가두라고? 어떻게 우릴 속이고 이럴 수 있습니까?"

"속인 건 우리가 아니라 바로 총리님 아니십니까?"

마상필 대령의 말이 정 박사 가슴에 비수처럼 날아들었다. 정 박사는 심장이 타들어 가는 듯했다. 이자가 아들의 비밀을 알아낸 것일까 두려웠다. 그가 정 박사를 향해 잇몸을 드러내 보이며 웃었다. 정 박사는 소름이 끼쳤지만 침착하려 애썼다.

"최종혁 사령관을 만나게 해 줘요."

"글쎄요. 그 전에 묻고 싶은 게 있는데, 저한테 왜 그러셨습니까? 내가 애지중지했던 몬스터를, 왜?"

마상필 대령이 분을 참지 못하고 테이블을 내리치자 테이블이 반으로 갈라졌다. 깜짝 놀란 정 박사가 의자에서 벌떡 일어나 뒤로 물러났다. 다리가 후들거려 서 있기 힘들 지경이었다. 정 박사는 갑자기 머릿속이 하얘졌다.

이자가 지민의 비밀을 알아 버렸다. 지민이 특전단 대원이었으며 면역항체를 가지고 있다는 사실까지 모두 알고 있다면, 지민을 살려 두지 않을 것이다. 최종혁은 감염인간을 모두 제거하기를 원하니까. 마상필이 불타는 한쪽 눈으로 노려보다가 다시 웃기 시작했다.

"제 결례를 용서하십시오. 제가 너무 흥분을 했나 봅니다. 분을 참지 못하는 성격이라서."

"마상필 대령, 이거 너무 하는 거 아닙니까? 나는 이 나라의 질병관리청장이고, 총리 직무대행을 하고 있습니다. 이런 식이면 더 이상 최종혁 사령관과 협상은 없습니다. 어서 길을 여세요. 마지막 경고입니다."

정 박사는 남은 힘을 끌어 모아 마상필을 권위로 제압하려 했다. 하지만 그는 정 박사에게 사형선고와 같은 말을 들려줬다.

"청장님, 이제 협상은 없습니다. '오늘부로 질병관리청장은 아들과 함께 반정부 테러단 알비에 의해 납치되었으며 생존 여부는 알 수 없게 되었다. 이에 계엄 사령부는 비상계엄을 연장하고 청장과 그의 아들을 구출하기 위해 테러단은 물론 그와 연계된 세력 모두를 괴멸할 것이다.'"

그가 뉴스에 나올 멘트를 미리 들려주었다. 정 박사는

그만 다리가 풀려 자리에 주저앉고 말았다. 이것이 이들이 노리는 것이었다. 자신과 지민을 제물로 삼고 나면, 모든 감염인간의 제거가 시작될 것이다. 이때, 문이 열리고 유나가 들어왔다. 정연주 박사는 지푸라기라도 잡는 심정으로 유나를 반겼다. 유나의 도움이라면 이 위기에서 잠시 벗어날 수 있을 거라고 생각했다. 그게 아니라면 지민만이라도 안전하길 바랐다. 정 박사를 발견하고 한걸음에 달려와 부축한 유나는 박사의 파리한 모습을 보고 눈물을 글썽였다.

"어머니, 죄송해요. 제가 집으로 모실게요."

그때 마상필이 유나의 앞을 막아서자 유나가 날카롭게 외쳤다.

"당신을 이등병으로 강등시킬 수도 있어. 어서 비켜!"

"그럴 수 없습니다, 아가씨. 아무튼 참 대단하십니다. 저희 특임대 정보를 어떻게 그리 잘 파악하고 계신지……. 덕분에 제가 또 문책을 당하게 생겼습니다."

"당신, 이번엔 무사하지 못할 줄 알아."

마상필은 미동도 없이 잇새를 보이며 웃었다. 유나가 그의 반응에 당황했다. 이 말에 그가 웃는다는 건.

"이 사실을 아빠도 아는 거야?"

마상필은 거대한 기둥처럼 서서 아무런 대답도 하지 않았다. 유나는 현실을 부정하듯 고개를 내저었다. 정 박사가 오히려 휘청거리는 유나를 잡아주었다.

유나가 발악하듯 마상필에게 소리쳤다.

"그럴 리가 없어!"

유나는 분노했다. 정 박사는 유나의 모습을 보고 가슴이 아팠다. 유나를 진정시키기 위해 등을 토닥이며 눈을 맞춰도 유나는 계속 부정했다.

"어머니, 아니에요. 그럴 리가 없어요."

그러던 유나가 갑자기 놀라 입이 벌어진 채 멈춰 섰다. 정 박사가 유나의 시선을 따라 눈을 돌리니 전투복을 입은 사람이 취조실로 들어왔다. 그는 최종혁 사령관, 유나의 아버지였다.

6

낡고 작은 스쿠터는 세리와 지민을 태우고 아침 햇살
이 내리쬐는 도로를 덜덜거리며 질주했다. 스쿠터는 길가
에 부서지고 고장 난 자동차 사이를 곡예하듯 내달렸다.
터널 근처에 도착한 세리가 스쿠터를 수풀 속에 감추려
하자 지민은 푸념하듯 말했다.

"굳이 감출 필요가 있을까? 다 낡아서 사람들이 굴러다
닐 거라 생각도 못 할걸."

지민의 말에 세리가 멈춰 서며 인상을 썼다.

"내 친구한테 말 함부로 하지 마."

지민은 더 이상 세리에게 할 말이 없었다. 세리가 스쿠
터 안장에서 가방을 꺼내며 지민에게 말했다.

"내가 전에 했던 말 기억하지?"

"이제 그만하지? 나도 여길 두 번이나 통과했어."

"아무튼 전속력으로 달리라고."

말이 떨어지기가 무섭게 세리가 터널 안으로 전속력으로 내달렸다. 낡아빠진 스쿠터와 비교할 수 없는 빠른 속도였다. 지민은 어이가 없었다. 옆구리의 부상 때문에 세리의 말은 무시하고 달리지 않았다. 천천히 터널을 통과하다 보니 세리는 이미 사라진 후였다.

지민이 터널 중간쯤 다다랐을 때, 미세한 움직임과 동시에 작은 소리가 들려왔다. 신경을 곤두세우며 주위를 둘러봤다. 눈앞에 쥐가 쏜살같이 도망치고 있었다. 기가 막혔다. 쥐 때문에 긴장한 자신이 한심하기까지 했다. 그만큼 신경이 예민해졌기 때문이라 여기며 지민이 버려진 자동차 옆을 막 벗어나는데 누군가 갑자기 모습을 드러냈다. 지민은 자세를 낮춰 방어 자세를 취했다. 고기 썩는 불쾌한 냄새가 먼저 그의 코를 찔렀다. 흐릿한 비상등에 그 모습이 비쳤다. 뱃가죽과 등가죽이 붙은 듯, 비쩍 마른 체형의 남자가 너덜너덜한 모습으로 나타났다. 두 눈이 쑥 들어가 어두운 그늘 같은 얼굴. 그자가 알아들을 수 없는 말을 중얼거리며 다가왔다. 낸즈였다.

지민은 방향을 틀어 조심스럽게 움직이기 시작했다.

하지만 어디서 나타났는지 여러 명의 낸즈가 동시에 어둠 속에서 나타나 지민의 앞을 막았다. 땅속을 막 헤쳐 나온 시체와도 같았다. 알아들을 수 없는 소리를 내며 점점 다가오는 낸즈를 더 이상 피할 수 없게 되자 지민은 정신을 집중했다. 앞차기로 먼저 다가오는 낸즈의 턱을 부쉈다. 고통스러운 신음과 함께 낸즈가 낙엽처럼 가볍게 나가떨어졌다. 잠시도 지체할 새 없이 옆에 서 있던 놈의 명치를 가격했다. 이들은 인간이 아니다. 인정사정 봐주지 말자. 낸즈들은 예상보다 쉽게 지민의 가벼운 공격에 떨어져 나갔다. 이때, 뒤에서 총소리가 났다. 지민이 뒤를 돌아보자 세리가 총을 거두며 말했다.

"죽이지 마. 그들은 낸즈가 아니야!"

"뭐?"

세리의 말에 당황했다. 그들이 낸즈가 아니라면 뭐지? 세리는 가방을 열어 바닥에 던졌다. 그러자 어둠 속에 숨어들었던 자들이 다시 바글대며 모여들어 가방에 들어 있는 것을 꺼내 정신없이 먹기 시작했다.

"뭘 던져 준 거야?"

"어제 먹었던 고기."

"뉴트리아?"

"저들은 치료받지 못한 감염인간이야. 치료제 살 돈이 없어서 이런 버려진 땅에서 낸즈처럼 살고 있는 거야."

"이럴 수가……. 정말 몰랐어."

"알고 싶지 않은 거겠지."

지민은 세리의 말을 듣고 아무런 대꾸도 할 수 없었다. 클럽에서 마셨던 와인이 불현듯 떠올랐다. 그 와인 한 병이면 이들은 치료제를 몇 번이고 맞을 수 있었다.

'그 세트 가격, 아니 내 면역항체라면…….'

고개를 절레절레 흔들었다. 지민은 무거운 돌덩이를 매단 것처럼 가슴이 무거웠다. 이제야 세상이 제대로 보이기 시작했다. 그들은 땅속을 박차고 나온 시체들이 아니라, 가난과 차별 속에 버려진 불쌍한 인간이었다.

순수인간 지역으로 들어서면서도 지민은 내내 마음이 무거웠다. 그리고 엄마를 구하는 일은 비단 정연주 박사, 한 생명을 구하는 일이 아니라는 걸 어렴풋이 깨달았다. 최종혁 사령관과 방향을 달리하며 치료제 개발을 하려는 엄마의 마음을 조금이나마 알 것 같았다.

어느새 한낮이 되어 햇볕이 지민의 머리 위로 내리쬐었다. 그들은 한적한 도심지에 들어섰다. 그가 손을 들어

햇빛을 가리자 건물의 커다란 전광판이 눈에 들어왔다. 전광판에는 뉴스 속보가 나오고 있었는데, 박흥범이 예측한 대로 흘러갔다. 계엄 사령부가 비상계엄 연장을 발표하고 정연주 청장 모자 납치 사건의 배후로 반정부 테러단 알비를 지목, 그와 연계한 순수인간들을 체포했다고 했다. 그들은 다리가 묶인 듯 그 자리에 서서 전광판을 바라보았다. 세리가 지민을 돌아보며 '대장 말이 맞아 들어가고 있지?'라는 표정을 지었다. 지민은 고개를 떨어뜨렸다. 이대로라면 감염인간을 탄압하기 시작할 것이다.

인적이 드문 고급 주택 단지 앞에 지민과 세리가 들어섰다. 그들은 CCTV가 없는 사각지대에 몸을 숨겼다. 이곳에 사는 사람은 보통 사람이 아니라는 걸 높은 담벼락만 봐도 가늠할 수 있었다. 아무리 혼란스러운 세상이 찾아와도 기회가 생기면, 수단과 방법을 가리지 않고 부를 쌓는 사람들이 생겨나기 마련이다. 이곳은 재석이 사는 곳이었고 그의 아버지는 A 디펜스 방위사업체 회장이다. 낸즈와의 전쟁에서 승리할 수 있었던 원동력은 아미봇과 장갑차였다. 재석의 아버지는 그것들을 생산하여 많은 부를 쌓아 올렸다. 그가 가진 부를 나눌 수만 있다면 터널에서 짐승만도 못한 삶을 사는 사람은 없을 텐데. 터널 속의 감염인간을 떠올리자 입 안이 다시금 씁쓸해졌다.

"야, 너 어떻게 된 거야?"

러닝 차림의 재석이 슬리퍼를 끌고 나타났다.

"알비에게 납치됐던 거 아니야? 뉴스에서도 난리던데?"

"이봐 친구, 알비가 아니라 최종혁에게 납치당한 거야."

세리가 기분이 상해 말하자 재석은 항공 점퍼에 밀리터리 바지를 입은 세리를 지그시 내려다봤다. 지민의 팔을 잡아끌며 재석이 조용히 속삭였다.

"저 여자, 알비 대원이지? 지금 협박당하고 있는 거야? 말만 해. 내가 해결해 줄게."

"아니, 다 사실이야."

"뭐? 무슨 말 같지도 않은 소릴 하고 있어?"

"난 유나에게 연락할 수 없으니까 네가 연락해서 만나게 해 줘. 그 말 같지도 않은 소릴 나도 확인해야겠어."

"그래, 알았어. 지민아, 뭐 따로 도울 일 있으면 뭐든 말해."

"재석아, 네가 위험해질 수도 있어."

"이미 우리는 위험한 세상에 살고 있잖아. 난 더 이상 나빠질 게 없다고. 네가 원한다면 최신형 장갑차도 난 구해 줄 수 있어."

"그만하시지. 허풍이 너무 세잖아."

세리가 재석의 말을 중간에 잘랐다.

"허풍 아니야. 하나를 보면 열을 알 수 있어. 지민이를 처음 만났을 때, 순수인간이라면 하지 않을 행동을 지민이가 하는 걸 보고 영원한 친구가 되기로 맹세했어."

재석이 슬리퍼를 끌며 돌아가자 세리가 물었다.

"첫 만남이 어땠길래 쟤가 저래?"

"글쎄, 내가 학교에서 청소했을 때 봤을걸? 청소는 순수인간이 하는 일이 아니거든."

"그게 이유라고? 네 친구들은 어째 하나같이 다 그 모양이냐?"

"함부로 말하지 마."

"그래? 조금 있으면 알게 되겠지."

＊ ＊ ＊

세리가 지민을 바라보며 어이없는 표정을 지었다. 지민의 눈앞에 나타난 유나를 보자 지민은 세리의 표정을 조금이나마 이해할 수 있었다. 유나는 소개팅을 온 사람처럼 화려한 원피스에 세련된 코트를 입고 있었고, 잘 손질된 머리카락은 어깨 위로 크게 찰랑거렸다. 지민은 선뜻 유나 앞에 나서지 못했다. 세리가 삐딱하게 유나를 노려보며 중얼거리는 욕이 지민의 귀에 나직이 들려왔다. 유나가 담담한 표정으로 지민 앞에 섰다.

"걸으면서 얘기해."

긴박한 상황이 아니라면 산책하기 좋은 공원이었다. 공원은 한가운데 아담한 호수를 끼고 야산으로 이어졌다. 이곳은 유나와 몇 번 데이트하던 곳이었는데, 이런 곳에서 엄마의 안부를 묻기 위해 유나를 만나게 될 줄 꿈에도 몰랐다. 두 사람이 공원 숲길을 나란히 걷기 시작했다. 그 뒤를 세리가 따라가자 유나가 갑자기 멈춰 서더니 손가방을 내밀어 세리의 앞을 막았다. 세리가 멈칫하자 유나가 손가방을 거두며 팔짱을 낀 채 세리의 눈을 똑바로 쳐다봤다.

유나가 말했다.

"넌 그냥 거기에 있어."

"내가 왜 네 말을 들어야 하지?"

"시간이 촉박해서 그냥 말로 경고하는데, 앞으로 지민

이 근처에 얼씬도 하지 마."

"시간이 촉박하다면서 몸치장할 시간은 따로 있었나 보네?"

세리와 유나의 불꽃 튀기는 눈싸움에 지민이 끼어들어 말렸다.

"지금 뭐 하는 거야?"

그러자 둘은 동시에 외쳤다.

"넌 빠져!"

"너의 그 잘난 왕자님, 관심 1도 없었는데…… 너 때문에 관심이 생겨 버렸네?"

"감염인간이 왜 그렇게 수명이 짧은 줄 알아?"

"다 너 같은 애들이 괴롭히기 때문이겠지."

"아니, 순수인간으로 다시 태어나려고. 너 같은 더러운 감염인간 따위는 감히 지민이 근처에 얼쩡거릴 수 없으니까."

"네 머리에 구멍이 나도 그 잘난 혀를 나불거릴지 궁금하네?"

세리가 항공 점퍼 안에서 권총을 꺼내 유나의 머리에 총구를 겨누었다. 유나는 세리의 도발적인 행동에 기가 죽지 않았다. 지민이 세리의 앞을 가로막자 세리가 분한 표정을 지으며 권총을 서서히 내렸다. 세리는 주위를 한 번 훑어보고는 지민에게 한마디 했다.

"잘 생각해. 한 번 배신한 사람은 두 번도 할 수 있으니까."

세리가 거리를 두고 떨어져 벤치에 앉았다. 세리는 유나와 눈을 마주쳤다. 다리를 쩍 벌리며 지켜보겠다는 시늉으로 손가락 두 개를 자신의 눈에 가져다 댔다. 유나는 세리의 과장된 행동을 보고 가볍게 코웃음을 쳤다. 그리고 지민을 바라보며 걱정스레 말했다.

"지민아, 괜찮아? 어디 다친 데는 없고?"

"넌 다 알고 있었지?"

유나는 지민의 물음에 서운한 표정을 지었다. 지민은 냉정하게 다시 물었다.

"엄마는?"

"어머니는 잘 계셔."

"잘 계신다고? 납치당한 분이 잘 계실 리가 없잖아!"

"지금 내가 무슨 말을 해도 믿지 못할 거라는 걸 알아. 하지만 냉정해져야 해. 나랑 같이 가자."

"어디로, 누구한테?"

"당연히 어머니한테 가야지. 네가 알비와 함께 있으면

어머니는 더 위험해질 거야."

"누구와 똑같은 소릴 하고 있네."

"지민아, 난······."

유나는 눈물이 나오려는 것을 꼭 참으려는 듯 입술을 깨물었다. 지민은 그런 유나를 보며 자신의 말이 너무 심했나 하는 생각이 들었다. 유나도 어쩔 수 없었을 것이다. 약혼식까지 올린 사이에 거짓말할 리가 없었다. 지민은 유나에게 화풀이한 것 같아 마음이 좋지 않았다.

유나는 지민의 손을 가볍게 잡아끌었다.

"함께 가자, 지민아. 전부 다 이야기해 줄게."

지민은 마음이 흔들렸다. 유나의 손을 놓고 싶지 않았다. 그런데 그때, 갑자기 세리가 그에게 달려오며 소리쳤다.

"함정이야!"

지민이 유나에게서 손을 떼고 공원을 천천히 둘러봤다. 겉모습은 고요했지만 공원을 둘러싼 빽빽한 나무 뒤에 숨은 특임대의 모습이 조금씩 그의 눈에 드러났다. 적들은 정체가 드러나자 하나둘 총구를 앞세워 서서히 포위망을 좁혀 오기 시작했다. 그는 신중하게 지형을 점검하지 못한 자신을 자책했다. 지민은 원망스러운 눈으로 유나를 바라봤다. 유나는 최종혁의 딸이다. 그의 적은 유나에게도 적일 것이다. 유나는 그런 지민에게 애절하게 말했다.

"지민아, 날 믿어야 해."

"듣기 싫어."

지민은 유나가 아버지에게 간절하게 부탁하면 엄마와 자신은 목숨을 부지할 수도 있다는 나약한 생각을 했다. 그러면 그 많은 감염인간이 지구상에서 영원히 사라지게 되는 것이다. 지민은 목숨을 희생한 부모님이 이런 갈등을 겪는 자신을 보고 무슨 생각을 할지 떠올리다가 마음속에서 더 이상의 갈등은 하지 않기로 했다.

멀찍이 떨어진 곳에서 낯익은 자가 걸어왔다. 애꾸눈 마상필 대령이었다. 생글거리며 다가오는 걸 보니 이미 게임이 끝났다고 생각하는 것 같았다.

마상필이 말했다.

"반갑다, 우리 특전단 에이스들. 내가 얼마나 보고 싶었는데……."

지민은 유나를 바라봤다. 유나가 다시 지민의 손을 잡으려 했지만, 지민이 거부했다.

"거봐, 내 말을 증명하는 데 한 시간도 안 걸렸잖아."

"닥쳐! 넌 나서지 마!"

유나는 세리의 비아냥에 폭발하듯 화를 냈다.

"지민아, 날 못 믿는 거야?"

"이 상황을 보고도 그런 소리가 나와?"

지민은 냉정하게 유나에게서 등을 돌렸다. 특임대가 일정한 거리를 두고 지민의 일행과 대치했다. 유나는 지민에 대한 서운함을 애써 누르며 말했다.

"증명할게. 날 인질로 삼아, 어서."

지민은 자신의 귀를 의심했다. 세리도 내심 이 위기에서 벗어나기 위해 유나를 인질로 삼을까 했지만, 그래도 유나의 셀프 납치는 당황스러웠다. 생글거리던 마상필도 상황이 이상하게 돌아간다는 걸 알아차린 듯 특임대의 포위망을 멈춰 세웠다. 그리고 웃음기를 지우고 말했다.

"같이 가자. 이미 끝난 거 잘 알잖아."

마상필을 노려보는 지민의 눈에 살기가 어리기 시작했다. 세리는 품속에서 권총을 꺼내 들었다. 그리고 유나의 머리에 총구를 갖다 대고 속삭였다.

"무슨 꿍꿍이가 있는지 모르겠지만, 난 네 약혼자하고 달라. 허튼수작 부리면 두 번 다시 네 예쁜 코트는 못 입게 될 거다."

마상필의 깊은 한숨 소리가 지프차 안에서 맴돌았다. 창밖을 봐도 풍경이 하나도 눈에 들어오지 않았다. 점점 최종혁의 관저에 다다를수록 가슴이 조여 오는 듯했다. 마상필에게 유나는 항상 가시 같은 존재였다. 그는 사령 관에게 이 일을 어떻게 보고해야 할지 망설였다. 마상필 이 한숨을 다 내뱉기 전에 한 소령이 말했다.

"아가씨를 구하려면 총리와 빨리 인질 교환을 해야 합 니다. 그러니 사령관님께……."

마상필이 앞좌석에 앉은 작전 과장 한 소령을 바라보 며 말했다.

"한 소령, 유나가 그렇게 시켰어?"

"네? 무슨 말씀인지."

"네가 유나 뒤에 줄 섰다는 거, 모를 줄 알아?"

"오햅니다. 전 다만……."

"두 번 다시 유나에게 정보 물어다 줬다가는 네 목을 비 틀어 버릴 거야. 알아들었어?"

마상필이 손가락 두 개를 펼쳐 한 소령을 노려봤다. 한 소령은 그의 눈길을 피했으나, 마상필이 미간을 일그러뜨 리며 손가락 두 개를 흔들자 주머니에서 담배와 라이터를 꺼내 떨리는 손으로 공손히 담뱃불을 붙여 주었다. 마상필은 한 소령에게 담배 연기를 길게 내뿜었다. 한 소령의 얼굴에 경련이 일었지만, 곧 멋쩍게 웃었다.

"넌 내가 시키는 일만 하면 되는 거야, 알아들어?"

지프차가 최종혁 관저에 도착하자마자 마상필 대령은 빠르게 차에서 내려 서둘러 들어갔다. 관저에 들어서자마자 그의 온몸이 경직되었다. 최종혁 계엄 사령관이 이미 현관 앞에 나와 있었다. 마상필은 경례를 하고 부동자세로 섰다. 최종혁을 바로 볼 수 없어 눈을 아래로 내리깔았다. 최종혁의 표정은 이미 차갑게 굳은 상태였다.

"사령관님, 변수가 발생했습니다. 아가씨께서 납치를……."

"난 충분히 벌어질 수 있는 상황이라고 봤는데. 대비책을 세우지 않았군."

최종혁이 마상필의 말을 자르며 그의 얼굴을 뚫어져라 노려봤다.

"놈들을 저격할 수가 없었습니다. 아가씨께서 절대 총기 사용 불가를……."

"마상필 대령, 자네 상관은 누군가?"

최종혁의 말 한마디에 그의 몸이 얼어붙기 시작했다.

"유나의 명령을 따르고 내게는 보고만 하는 자네를, 내가 왜 필요로 해야 하지?"

그는 마른침을 삼켰다. 지민을 체포하는 작전에 자진해서 나선 유나가 절대 총을 쏘지 말라고 부탁했다. 사실 협박에 가까웠다. 유나가 지민을 유인한 사이, 일행을 제압하고 작전을 마무리하자는 것이었다. 게다가 정 박사를 관저로 이송하는 조건도 있었다. 하지만 대원의 움직임을 빠르게 눈치챈 세리 때문에 결과는 실패였다. 문제는 유나의 납치였다. 마상필 눈에는 유나가 그들을 따라나선 걸로 보였다. 접선 장소인 공원에서도, 장벽 초소를 올라가 터널로 사라질 때까지도 유나가 앞장섰다. 유나가 의도한 납치 같다는 말을 차마 사령관에게 할 수 없었다.

"아가씨는 안전하실 겁니다. 놈들이 원하는 건 정연주 박사니까요."

"내가 원하는 답이 아니다."

"꼭 임무 완수하겠습니다."

"생포는 됐어. 이젠 전부 사살해도 좋다. 단, 유나가 털 끝 하나라도 다치면 자네는 내 손으로 직접 처리할 거야. 명심하게."

마상필이 아무리 고개를 내저어도 최종혁의 마지막 말

이 귀에 박혀 떠나가지 않았다. 최종혁의 최후통첩이었다. 무조건 임무를 완수해야 했다. 이건 진급이 아니라 그의 목숨이 달린 문제였다. 최종혁은 냉철한 군인이어서 자신에게 해가 된다면, 그 누구도 살려 두지 않았다. 심지어 그의 아내라도. 혹한기 훈련 중 위기에 처한 최종혁을 구하다가 한쪽 손을 잃었을 때, 박흥범에게 한쪽 눈을 잃었을 때, 최종혁은 항상 마상필의 뒤를 봐주었다. 그 후, 마상필은 최종혁에게 목숨을 걸고 충성했다.

이제 목표에 거의 다 왔다. 집중해야 한다.

군사학교 후문에서 안면 보호 마스크를 낀 남자가 인기척을 내며 나타났다. 주위의 눈치를 살피던 그는 마상필이 타고 있는 지프차에 올라탔다. 장강철이었다.

"이렇게 불쑥 찾아오면 어떡합니까? 사방에 눈이 있는데……. 이러다가 내가 먼저 감염인간 손에 죽게 생겼다고요."

"너는 이제 학교 청소부도 정보원도 아니야. 앞으로 하고 싶은 거 하면서 살아. 대신, 마지막으로 네가 중요한 일을 해야 해."

"어떤 일인데요?"

"박흥범 손에 유나가 잡혀 있다."

"누가 잡혀요?"

"최종혁 사령관 딸, 최유나. 놈들은 인질 교환을 원하겠지만, 응하지 않을 생각이야. 유나를 안전하게 꺼내 와. 실패하면 너나 나나 죽은 목숨이다."

장강철은 놀라 입이 벌어졌다.

* * *

창고 문을 열고 세리가 득의양양한 표정으로 들어섰다. 그 뒤로 유나, 지민이 들어왔다. 창고 한쪽 작업대에서 2미터가 넘는 탑승형 전투 로봇을 매만지던 영감이 부러진 안경테를 치켜올리며 유나를 바라봤다.

"영감, 아직도 그 고물을 손보고 있는 거야?"

"그럼. 이게 세월은 흘렀어도 내 첫 작품이다. 늘 닦고 조이고 기름 치면 밥값을 하지. 그런데 옆에 달고 온 건 뭐여?"

"보면 몰라? 여자애잖아요."

"그냥 보통 여자애가 아니니까 물어보는 거지?"

"대장은 어디 갔어요?"

전투 로봇 뒤에서 박흥범이 모습을 드러냈다. 세리는

그에게 칭찬을 받고 싶어 자랑스럽게 말했다.

"대장, 최종혁 딸이에요. 내가 납치했어."

"내 발로 왔거든?"

"네가 안 왔어도 머리채라도 잡아서 억지로 끌고 오려고 했어."

유나가 세리를 매섭게 노려봤다. 세리는 유나의 뺨을 칠 듯 오른손을 치켜들었다.

"여기가 어딘 줄 알고 눈을 부릅떠? 너 같은 순수인간은 바로 낸즈한테 던져 버릴 수도 있어."

세리의 말에 유나가 현기증이 나는지 휘청댔다. 그러자 지민이 잽싸게 유나의 등을 받쳐 주며 물었다.

"괜찮아?"

"안 괜찮아, 안 괜찮다고! 쟤 때문에 내가 얼마나 고생했는데……. 누구한테 괜찮냐고 묻는 거야?"

세리가 유나 대신 지민에게 답했다. 세리의 날선 반응에 창고에 있던 모든 사람이 의아해했다. 세리는 짜증이 머리끝까지 치밀어 발을 동동 굴렀다.

박흥범이 차분하게 지민에게 물었다.

"어떡할 생각인가?"

"인질 맞교환이요."

대답은 뜻밖에도 유나가 했다. 지민이 놀라 유나를 바라봤다.

"이 방법밖에 없잖아. 넌 날 믿어 주지 않으니까. 내일 내가 연락할게."

"시간과 장소는 우리가 정한다. 이의 없나?"

"그쪽이 대장인가요? 그렇게 하세요. 전 몹시 피곤해서 쉬어야겠는데."

지민과 박홍범, 그리고 영감이 세리를 바라봤다.

세리가 영문을 몰라 물었다.

"왜?"

모두 입을 모아 말했다.

"피곤하다잖아."

세리는 짜증이 몰려와 자신의 두 주먹을 부르르 떨며 화를 억눌러야만 했다.

세리가 유나를 자신의 방으로 데리고 들어왔다. 작은 거울이 있는 썰렁한 화장대와 정돈된 침구류, 단출한 옷장이 전부인 밀폐된 방이었다. 딱히 세리의 개인 물건은 없었다. 유나가 방 안을 천천히 둘러보았다. 방을 점검받는 느낌에 세리는 기분이 상했다.

"여기가 무슨 호텔인 줄 알아?"

"제법 깔끔한데?"

세리는 가슴속에서 불덩이가 일어나는 것만 같았다.

"그럼 감염인간은 죄다 토굴 속에서 사는 줄 알았어? 우리도 너희와 똑같은 인간이라고!"

"아무튼, 조금만 진심을 보여도 과민반응이라니까? 이러니 어쩔 수 없는 감염인간이라는 말이 나오지."

"확 죽여 버릴까?"

세리의 말에 유나가 깜짝 놀라 세리를 바라봤다.

"내일 허튼짓하다 걸리면 죽을 줄 알아. 룸서비스 없다. 빨리 자라."

세리가 유나를 등 뒤에 남겨두고 방을 빠져나왔다. 세리는 항상 살기 위해서 목숨을 걸고 일을 한다. 뭐, 대단한 사명감이 있는 건 아니지만 대장을 따라다니며 이 세상이 옳지 않은 방향으로 가고 있는 것만은 분명하게 알았다. 그래서 자신의 목숨을 바른길이라고 생각하는 일에 걸었다. 그런데 유나는 뭐가 그리 잘났기에 여전히 이리 도도하게 구는 건지. 유나는 클럽에서 오랜만에 봤을 때도 깜짝 놀랄 만큼 예쁜 외모와 남부럽지 않은 배경 그리고 잘생긴 남자친구까지 갖춘 아이로, 하나도 변한 게 없었다. 불공평한 세상에 입에서 욕이 자동으로 흘러나왔다.

열한 살에 처음 유나를 만났다. 계엄령 초반에는 순수 인간을 가족으로 둔 감염인간도 순수인간 지역에서 함께 살았다. 그때 만난 유나는 처음 전학 온 세리를 무척 잘 챙겼고, 세리는 학교에서 잘나가는 친구가 생겨 마음이 뿌듯했다. 학교 친구도 많이 생기고 제법 인기도 얻게 되었다. 그러던 어느 날, 유나의 태도가 돌변하기 시작했다. 유나가 세리에게 거리를 두자 세리는 이유도 모른 채 친구들에게 따돌림을 당하게 되었다. 자신을 앞에 두고 수군거리는 친구들 때문에 세리의 학교생활은 매우 힘들어졌다. 유나와의 갈등은 회계 장부를 기록하듯 침묵 속에서 차곡차곡 늘어 갔다. 세리는 유나에 의해서 행복했고, 깊은 슬픔에 빠지게 되었다. 그래도 유나가 다시 친구가 되어 준다면 무엇이라도 할 수 있을 것만 같던 어느 날, 세리는 유나에게서 충격적인 말을 들었다.

"감염인간은 그만 죽어 줘."

그 말은 세리 엄마에게 하는 말이었다. 세리 엄마는 감염인간이었다. 항상 슬픔은 몰아서 온다고 했던가. 블루 유즈 정책이 끝나고, 감염인간 특별법으로 감염인간은 더 이상 순수인간과 함께 살 수 없게 되었다. 아빠와 세리는 감염인간인 엄마와 생이별을 앞두고 있었다. 열한 살의 세리는 너무나 나약했다. 모든 게 자신의 잘못인 것처럼 느껴졌다. 지난 생각이 떠오르자 머리가 아파 왔다. 그런데 사실 세리가 유나에게 진짜 화가 나는 것은 따로 있었다. 유나는 지금 세리를 알아보지 못한 상태였다.

"나쁜 년, 재수 없어."

* * *

지민은 끝없이 펼쳐진 텅 빈 고속도로를 바라보며 마른침을 삼켰다. 화창한 날씨처럼 일이 잘 진행되길 마음속으로 빌었다. 유나가 마상필과 접선을 시도했고, 박흥범이 시간과 장소를 정했다. 박흥범은 마상필이 미리 매복할 수 없게 이른 시간에 만나기로 했다. 지민은 일행과 함께 일찌감치 접선 장소에 도착했다. 이들이 도착한 곳은 변두리 고속도로 톨게이트 입구였다. 도착하자마자 알비의 차량이 톨게이트 입구를 전부 틀어막았다. 이곳은 감염인간 지역과 슬럼가의 중간에 위치했으며, 혹시 모를 사태에 대비해 톨게이트 입구를 틀어막아서 퇴각로와 도망칠 시간을 확보했다. 지민은 군 출신인 박흥범의 주도면밀함에 감탄했다.

지민은 오픈 지프차에 앉아 있는 유나를 바라봤다. 유나는 전날 저녁 이후 한 번도 지민과 눈을 맞추지 않았다. 전날 지민은 유나의 마음을 확인하고 싶어서 숙소로 찾아갔었다.

"무슨 생각으로 어머니를 납치한 거니?"

"분명히 해 둘게. 납치가 아니라 감염인간에게서 보호하려 했던 거야."

"무슨 말 같지 않은 소리를 하는 거야?"

"화가 나는 게 당연해. 하지만 상황이 좋지 않아. 감염인간은 모두 제거될 거야. 넌 이들과 함께 있을 이유가 없어, 이럴 필요가 없다고."

"네 아버지의 야망 때문에 많은 사람을 희생시킬 순 없어."

"아버지의 야망 때문이라고? 이들은 우리와 같은 사람이 아니야."

"뭐? 우리와 같은 사람이 아니라니?"

"지민아, 제발. 이러지 말자. 우리가 감염인간 따위 때문에 이렇게 갈라지는 게 말이 돼?"

"넌 너의 아버지에 대해서 모르는 게 너무 많구나. 네아버지는 나도 살려 두지 않을 거야."

"그게 무슨 말이야. 아버지가 왜?"

"내가 감염인간 면역항체를 가지고 있거든. 그리고 내 부모님도 네 아버지가 죽였어."

지민의 마지막 말에 충격을 받은 유나가 하얗게 질려 숨을 제대로 쉬지 못했다. 유나는 혼잣말하듯 되뇌었다.

"다 거짓말이야, 거짓말……. 넌 감염인간에게 속고 있는 거라고."

부축하려던 지민의 손을 유나는 매몰차게 뿌리치고 지민에게 등을 보이며 돌아섰다.

지민이 유나와의 일을 그만 떨쳐 버리려는 듯 고개를 내저었다. 그때 지민의 눈에 누군가가 들어왔다. 군사학교 청소부인 장강철이었다. 지민은 그만 깜짝 놀랐다.

"야, 평소에 신세 진 학생들을 이렇게 만나니까 반갑네?"

"당신은……."

유나도 장강철을 보고 말을 잇지 못했다. 장강철이 말했다.

"그래, 맞아. 그런데 놀라기엔 아직 이른데……."

득달같이 나타난 세리가 장강철의 팔을 잡아끌며 조용히 물었다.

"노출되면 어쩌려고 여기에 합류한 거야?"

"어차피 곧 노출될 거야. 이젠 사람답게 살아야지."

"대장이 부른 거야?"

"아니. 인질 교환이 끝나면 바로 거사를 시작해야지 않겠어? 그 자리에 내가 있어야지."

장강철이 눈치 없이 떠들어 댔다. 멀찍이 떨어진 박흥범에게 장강철이 과장되게 경례를 붙였다. 지민은 멀리서도 박흥범의 굳은 표정을 볼 수 있었다. 잠시 망설이던 박흥범은 영감의 탑승형 전투 로봇에 장착된 20밀리미터 기관포에 탄창을 꼈다.

적들이 서서히 모습을 드러냈다. 그들은 RCW(원격사격통제체계) 기관포로 무장한 차륜 경량장갑차 열 대를 거느리고 나타났다. 열 명이 넘는 알비 대원이 술렁였다. 지민도 께름칙했다. 인질을 맞교환하는데 중화기 장갑차를 갖고 나오니 맞교환이 아니라 맞대결처럼 느껴졌다. 상대 화력과 비교할 순 없지만, 알비 측도 구색은 어느 정도 갖춘 것처럼 보였다. 지민은 인질을 안전하게 교환하고 재빨리 퇴각하는 데 신경을 집중하기로 했다. 그때였다.

"야, 놈들이 오늘 아주 끝장낼 태세로구나."

장강철이 느닷없이 유나가 타고 있는 오픈 지프차에 올랐다.

"학생, 어서 타. 함께 가야지. 내가 학생 엄마 얼굴을 잘 몰라서…… 혹시 사람을 잘못 데려오면 어떡할 거야?"

장강철이 지민에게 말 같지 않은 농담을 던지며 탑승을 재촉했다. 하는 수 없이 운전석 옆에 앉은 지민에게 장강철이 서늘하고 기분 나쁜 웃음을 지었다. 세리가 어이없다는 듯 다가와 시동이 걸린 차량의 운전대를 손으로 잡았다.

"지금 뭐 하는 거야? 대장의 명령도 없었잖아."

"나도 오늘 주인공 좀 돼 보자, 응?"

세리는 멀리 떨어진 박흥범을 보며 망설였다. 하지만 박흥범도 이렇다 할 명령을 내리지 않고 망설이는 것 같았다. 양쪽은 100미터의 거리를 두고 대치했다. 그리고 정연주 박사가 타고 있을지 모를 장갑차 한 대가 천천히 가운데로 다가오기 시작했다.

"온다. 그만 비켜 줘."

"그렇게 내가 걱정되면 너도 함께 가지 그래?"

유나의 말 한마디가 또 세리를 자극했다.

"죽었는 줄 알았는데 또 나불대네. 아저씨, 얘 허튼수작 부리면 인정사정 봐주지 말고 그냥 쏴 버려!"

세리가 운전대를 놓자 장강철은 세리에게 경례를 붙이

며 차를 몰았다. 차는 서서히 가운데 접선 장소로 이동했다. 묘한 기분이 든 지민이 뒤를 돌아봤다. 알비 대원 모두 기관총을 겨누며 전투태세를 갖추고 있었다. 지민은 먼저 나와 기다리는 적의 차량을 바라봤지만 장갑차는 안을 절대 볼 수 없어서 엄마는 보이지 않았다. 마른침을 삼켰다.

"아가씨, 이제 제가 안전하게 집까지 모시겠습니다."

지민은 자신의 귀를 의심했다. 유나도 이자의 말에 자못 놀라는 표정을 지었다. 도대체 무슨 말을 지껄이는 건지 알 수가 없었다. 장강철이 갑자기 액셀을 밟아 속도를 올리기 시작했다. 그리고 권총을 뽑아 들어 지민에게 겨눴다.

"꼼짝하지 말고 그대로 있으면 돼, 학생."

변절자가 된 장강철이 지민을 보며 환하게 웃었다. 승리자의 미소였다. 지민은 그의 승리에 일조하고 싶지 않았다. 장강철이 살짝 시선을 돌리는 순간, 생각할 겨를 없이 지민의 몸이 먼저 움직였다. 인질 교환 차량까지 20미터를 남겨 두고, 지민은 차 밖으로 몸을 날렸다. 유나를 태운 차는 그대로 적진 깊숙이 들어갔다. 도로에 데굴데굴 구르던 지민이 비틀거리며 바닥에서 일어났다. 혼란스러웠다. 마지막으로 멀어지는 유나와 시선을 마주했다.

'빨리 여기를 벗어나야 해.'

지민이 도로 밖으로 전속력으로 달림과 동시에 총탄이 빗발쳤다. RCW 기관포에서 쏟아지는 묵직한 총탄의 파편이 지민의 주변으로 튀었다. 총탄에 살짝만 스쳐도 몸이 갈기갈기 찢어질 것이다. 아무래도 그들은 지민을 살려 두지 않을 모양이었다. 영문 모르던 알비 대원들도 반격을 가했다. 총소리가 사방에서 터져 나왔다. 도로 가장자리까지 20미터. 지민은 생전 경험해 보지 못한 거리를 뛰어가는 듯했다. 마치 악몽을 꾸는 것처럼 아무리 뛰어도 거리는 좁혀지지 않았다. 헬게이트를 통과한 지민이었으나 지금은 사정이 달랐다. 할 수 있는 건 한 발자국이라도 더 벗어나는 것밖에 없었다.

휘청, 어깨가 불에 덴 것처럼 뜨거웠다. 지민의 어깨에 파편이 박혔다. 다행히 도로 가장자리에 있는 배수관 안으로 고꾸라졌다. 도로 위에 쓰러졌다면 아마 산산조각이 되었을 터였다. 지민의 귀로, 빗발치는 총성과 총탄이 스치고 파편 튀기는 소리가 뒤섞여 들려왔다. 이대로 있다가는 목숨을 부지하기 어려울 듯했다. 지민은 머리를 배수로에 박고 꼼짝하지 않았다. 어떤 결정이든 빠른 결정이 필요한 순간이었다.

그때 지민의 주위로 연막탄이 터져 매캐한 연기가 사방에 휘날렸다. 잠시 후, 기관포의 반격 소리와 고속유탄기관총 소리가 가까이에서 들리기 시작했다. 어디에서 날아왔는지 세리가 쓰러진 지민 옆으로 착지했다.

"죽었어?"

"아직."

"그럼 안 일어나고 뭐 하는 거야?"

세리가 지민의 뒷덜미를 잡아 일으켰다. 연기가 사라지자 총탄이 빗발치기 시작했다. 지민과 세리가 닷지 차량에 올라탔다. 차량 앞에는 전투 로봇이 방패 역할을 하며 적의 공격을 막아 내고 있었다. 총탄 튀는 소리가 요란하게 나더니 파열음과 매캐한 연기가 나면서 로봇이 한쪽 무릎을 꿇고 말았다. 전투 로봇에 탑승한 영감이 외쳤다.

"먼저 가!"

"빨리 일어나, 영감!"

운전대를 잡은 세리가 애타게 외쳤다. 고속유탄기관총을 쏘던 박흥범은 단호했다.

"명령이야. 출발해, 어서!"

세리는 망설였다. 영감의 전투 로봇은 방패처럼 모든 총탄을 막아 내며 마지막 남은 탄환을 모조리 쏟아냈다.

적의 장갑차들은 끝장낼 기세로 달려들며 RCW 기관포를 쏘아댔다. 지민은 기관총을 들어 희뿌연 연기를 뚫고 다가오는 적의 장갑차에 발포했다. 하지만 무의미한 공격이었다. 장갑차는 그의 공격을 모두 막아 내고 있었다.

박홍범의 명령에 세리의 군용차가 뒤로 후진했다. 후진하던 차량은 방향을 바꿔 도망치기 시작했다. 이성을 잃은 세리가 운전대를 내리치며 괴성을 질렀다. 지민은 홀로 남겨진 영감을 뒤돌아봤다. 영감이 탄 전투 로봇이 힘겹게 일어나 달려오는 장갑차로 돌진했다.

"안 돼!"

지민은 큰 소리로 외쳤지만, 갈라진 목소리는 총성에 묻혔다. 전투 로봇과 장갑차는 시커먼 연기를 내뿜으며 서로 엉켜 멈춰 섰다. 톨게이트를 지키던 알비 대원들은 전멸한 듯 보였다. 바닥에 쓰러진 채 움직이지 않았다. 이제 적의 화력은 지민이 탄 군용차에 집중됐다. 영감의 희생이 무의미하게 차량의 뒷바퀴가 파손되면서 톨게이트의 입구를 통과하지 못하고 들이박고 말았다. 이대로 적들에게 당하는 건 시간문제였다. 그때 박홍범이 기관총으로 선두에 선 장갑차의 반을 날렸다.

"빨리 가!"

지민과 세리는 박홍범의 명령을 외면하며 적들에게 맞서 총을 쐈다.

"영감의 희생을 헛되게 할 거야? 어서 가!"

체념하듯 자리에서 일어선 세리가 울고 있었다. 지민은 무의미한 반격이었지만 방탄 장갑차와 다가오는 적에게 끝까지 맞서 총을 쐈다. 그런 지민의 귓전에 세리의 차가운 음성이 들렸다.

"너 죽으면 내 손에 또 한 번 죽을 줄 알아. 빨리 튀어!"

세리가 퇴각로로 도망치기 시작했다. 뒤따라가던 지민이 박홍범을 보자 그는 고개를 끄덕이며 웃었다. 지민을 편하게 해 주려는 미소였다. 지민은 그에게 아무 말도 할 수 없었고 그냥 도망치듯 세리의 뒤를 쫓아 마구 뛰었다. 살아야 했다. 그래야 미안했다고, 고마웠다고 말할 수 있을 것 같았다. 얼마쯤 뛰었을까. 총소리가 더 이상 들리지 않았다. 숨을 몰아쉬며 미친 듯이 산비탈을 올라가는데 점점 모든 동작이 느려지기 시작했다.

'영감은 왜 달려오는 차량에 뛰어들었을까? 박홍범은 어떻게 되었을까? 엄마는 구할 수 있을까?'

세리의 모습이 보이지 않았다. 지민은 눈앞이 어지러워지고 갈증으로 입 안이 갈라지는 듯했다. 어깨에는 검붉은 피가 여전히 흘러내리고 있었다. 순간, 지민의 귓속에서 강한 이명이 들려와 움직임을 멈췄다. 눈앞의 모든 것이 멈추고 캄캄해졌다. 그 캄캄한 어둠 속으로 지민은 쑥 빨려 들어갔다. 그리고 온몸에 관절이 다 빠져나간 것처럼 그 자리에 푹 쓰러졌다.

7

상의를 탈의한 어깨에 붕대를 감은 지민이 죽은 듯 침대
에 누워 있었다. 그가 홀로 누워 있는 곳은 작은 병원의 병
실이었다. 지민의 코밑으로 가만히 손가락 하나가 다가갔
다. 세리는 지민이 혹시 죽은 건 아닌지 확인하고 싶었다.
돌아보니 의사 동진과 그의 딸 아영이 나란히 서 있었다.

"확실히 죽은 건 아니죠?"

"맞아, 하지만 언제 깨어날지 아무도 몰라. 코마 상태
야."

동진의 말에 세리의 한숨 소리가 병실 안에 가득 찼다.
아영은 침울하게 세리를 바라봤다.

"어깨에 파편은 뺐지만, 과다 출혈로 대미지가 큰 거
같아."

"혹시 이 상태에서 브레인테스트를 할 수 있나요?"

"아직 살아 있으니 할 수는 있지. 하지만 보다시피 여기엔 그런 장비가 없어."

"그가 유일하게 면역항체를 가지고 있어요. 만약에 깨어나지 못하면…… 대원들의 희생에 의미가 없어지잖아요."

"세리야, 조금만 더 지켜보자."

"이젠 정말 시간이 없어요. 제가 무슨 수를 써서라도 질병관리청에 가서 브레인테스트 장비를 훔쳐 올게요."

"아니. 설령 장비를 훔쳐 나온다고 해도 전문가가 필요해. 내가 할 수 없다는 거 너도 잘 알잖아."

아영은 세리의 손을 잡고 한쪽 침대 테이블 위에 차려진 밥상으로 이끌었다. 세리가 침대 앞에서 멈춰 섰다. 뒤에서 동진이 조용히 말했다.

"밥 먹어. 네가 기운을 차려야지. 이제 믿을 건 너뿐인데……."

어제저녁부터 먹은 게 없지만, 전혀 배고프지 않았다. 이런 상황에 배고플 수가 없었다.

"언니, 밥 먹어."

"아영아, 언니 밥 먹게 우리는 나가 있자."

동진은 세리의 어깨를 가볍게 다독거렸다. 그리고 아영의 손을 잡고 자리를 떠났다. 아영은 세리를 걱정스럽게 바라보며 동진의 손에 이끌려 밖으로 나갔다. 밥과 콩나물국 그리고 김치와 콩자반이 전부지만 정성이 담긴 밥상을 멍하게 바라보던 세리가 동진의 말대로 힘을 내기로 했다. 숟가락을 들어 밥을 먹고, 젓가락으로 콩자반을 집었다. 하지만 콩자반이 집히지 않았다. 자꾸 헛젓가락질을 하던 세리가 숟가락으로 콩자반을 퍼서 먹었다. 목이 메어 왔다. 국그릇을 들고 마시고 꾸역꾸역 밥을 입에 밀어 넣었다. 입술에 달라붙은 콩나물까지 입 안에 밀어 넣었다.

이제 믿을 건 나 혼자밖에 없다는 생각에 갑자기 목이 메었다. 가슴이 답답해서 세면대 수도꼭지에 입을 처박고 수돗물을 벌컥벌컥 들이마셨다. 그래도 소용이 없었다. 참았던 눈물이 흘러내려 세리가 꺽꺽대며 울기 시작했다. 수도꼭지에서 쏟아지는 물이 세면대로 모여 배수구 아래로 빠져나갔다.

2년 전, 봄날이었다. 블루유즈 정책으로 함께 살아가던 감염인간과 순수인간은 계엄 사령부의 감염인간 특별법이 통과되어 아무리 가족이라도 한집에서 살지 못하게 되었다. 세리의 엄마는 감염인간이었다. 세리는 엄마와 생이별을 원치 않았기에 푸른빛 도는 감염인간처럼 푸른색 화장품을 얼굴에 바르며 감염인간 행세를 했다. 하지만 결국 세리 혼자 남았다. 부모가 세리만 남겨두고 생을 마감했기 때문이다.

혼자 남겨진 세리는 슬퍼할 겨를도 없이 보육원을 전전하다 특전단 훈련소에 들어가게 되었다. 훈련소에 들어온 고아들은 목숨을 걸고 훈련에 임했다. 이곳 훈련소를 거쳐 특전단 대원으로 활동하면 출신과 상관없이 인간다운 대우를 받을 수 있었다. 그리고 최종혁 사령관의 호위를 맡을 수 있었다.

하지만 세리는 특전단 대원으로 만족하지 않았다. 동기보다 월등한 실력으로 죽음의 문턱에서 살아남은 세리는 더 이상 죽음이 두렵지 않았고, 헬게이트라고 불리는 곳을 통과해서 몬스터가 되고 싶었다. 그리고 부모님을 죽게 한 최종혁 사령관을 죽이려 했다.

지금까지 헬게이트를 통과한 훈련병은 단 한 명, 몬스터 1호. 그는 전설이었다. 지금은 이 세상 사람이 아니라는 말이다. 세리는 자신 있었다. 누군가 관문을 통과했다면 분명 자신도 통과할 수 있을 거라는 기대감이 있었다. 하지만 아미봇 마지막 한 대를 남기고 두 다리를 잃은 세리는 폐기 대상이 되었다.

그러던 어느 날 병실에서 죽음을 앞둔 세리를 누군가 깨웠다. 약에 취해 아직도 정신이 몽롱했다.

"이름이 뭐니?"

"182번."

"아니, 네 진짜 이름."

순간, 세리는 당황했다. 자신에게 이름이 있었는지 기억이 까마득했다.

'내 이름은…….'

"세리."

"예쁜 이름이네. 세리야, 혹시 나지원이라는 친구를 아니? 우린 그 친구를 찾고 있어."

"아니."

알 리가 없었다. 이곳은 이름이 없었다. 다만, 숫자가 매겨질 뿐.

"세리야, 일단 여기서 나가자."

세리는 자신의 아래를 내려다봤다. 있어야 할 자리에 두 다리가 보이지 않았다.

"그냥 여기서 죽게 놔둬. 난 더 이상 쓸모가 없어."

하지만 그가 도움의 손길을 내밀었다.

"세리야, 세상에 쓸모없는 사람은 없단다."

그는 침대 차트에 폐기 대상이란 빨간 딱지를 뜯어 집어 던졌다. 세리는 남자의 등에 업혔다. 그는 잊어버렸던 이름을 불러 주고, 폐기 대상이었던 자신에게 새로운 다리를 주었다. 세리는 자신에게 쓸모 있는 인생을 선물한 그 남자를 '대장'이라 불렀다.

세면대 수도꼭지에서 물이 세차게 흘러나왔다. 퍼뜩 정신을 차린 세리는 세면대 앞 거울을 올려다봤다. 눈물, 콧물로 얼룩진 자신의 모습이 눈앞에 보였다. 거친 세수를 하고 두 손을 세면대에 지탱한 채 거울 속 물에 젖은 자신을 바라봤다. 얼룩은 지워졌지만, 근심은 여전히 씻기지 않았다.

세리는 함께 죽기로 결심했다. 최종혁과 마상필 그리고 시간이 허락되면 유나까지도. 세리는 조용히 숄더홀스터에서 권총을 꺼내 탄창을 확인했다. 다시 탄창을 끼워 넣고 바지 주머니에 넣어 둔 탄창도 손으로 가만히 다독여 확인했다. 그러고 나서 마지막으로 눈에 담듯 천천히 지민을 바라봤다. 세리의 입에서 나직한 한숨이 새어 나왔다. 갸름한 턱에 동그란 볼, 무표정하지만 사랑스러운 얼굴이었다. 갑자기 목이 메어서 자신도 모르게 손끝으로 스치듯 지민의 얼굴을 매만졌다가 이내 손을 거뒀다. 세리가 막 병실 문을 나가려는 순간, 무슨 소리가 들렸다. 혹시나 하여 뒤돌아봤지만 지민은 여전히 미동이 없었다. 헛것이 들린 거라고 생각한 세리는 허탈하게 웃으며 이내 병실을 빠져나갔다.

"물 좀 줘!"

갈라진 지민의 목소리가 세리 귓가에 나직하게 들려왔다.

창밖을 내다보니 암울한 현실과 달리 화창했다. 대장의 말대로 지민은 구원자였다. 지금은 작게나마 세리를 구원했고 그나마 작은 희망이 생겼다. 이제 세리는 혼자가 아니었다. 깜짝 놀라 달려온 동진이 지민의 상처를 구석구석 점검하자 아영도 신기한 듯 지민을 조목조목 뜯어보았다.

"아빠, 이 오빠 좀 이상해."

"그러게, 이상하게 회복이 너무 빠르다. 시간만 허락한다면 연구하고 싶을 만큼 괴물 같은 회복력이야."

"이제 일어나도 되죠?"

지민의 말에 세리가 다가서며 차갑게 말했다.

"회복이 빠르다고 했지, 완치됐다고는 안 했다. 좋은 말할 때 가만히 누워 있어."

"이러고 있을 수만은 없잖아."

"몸이 성해야 엄마를 구하든 복수하든 할 거 아니야. 몸부터 잘 추슬러. 앞으로 또 쓰러지면 그땐 두 번 다시 못 일어날 거야. 내 손으로 죽여 버릴 거니까."

지민에게 화내듯 말하고 병실을 나갔지만, 세리의 입가에 희미한 미소가 자리했다. 다시 차분하게 계획을 세워야 했다. '대장이라면 지금 상황에서 무엇부터 할까?' 이대로 당하기만 하진 않을 것이다. 우선 정보원부터 만나기로 했다. 세리의 발걸음에 힘이 붙었다.

감염인간 지역, 번화가 시장에는 평소보다 사람의 왕래가 적었다. 느낌이 좋지 않았다. 세리는 정보원이 운영하는 인력사무소에 들어섰다. 이곳은 순수인간 지역에 노동자를 공급하는 사무실이다. 정보원은 자리에 없었다. 세리는 여직원이 안내한 구석진 자리에 앉았다. 힐긋힐긋 쳐다보는 여직원이 몹시 신경에 거슬렸다.

"사장님 오늘 오긴 오는 겁니까?"

"네, 그럼요. 도착할 때 됐어요."

여직원은 기어들어 가는 소리로 눈치를 보며 말했다. 세리와 눈이 마주치자 여직원이 불안한 듯 시선을 피했다. 느낌이 이상했다. 여직원이 혹시 특임대 끄나풀이 아닌가 의심이 들었다. 이제 누구도 믿을 수 없었다. 그때, 출입문이 열리고 정보원이 나타나 벌벌 떠는 여직원을 발견하고 세리를 보며 한숨부터 내쉬었다. 정보원이 여직원에게 고갯짓하자 여직원은 책상 밑에서 핸드백을 꺼내 들고 도망치듯 자리를 피했다. 세리는 그제야 숄더홀스터에 채워진 권총에서 손을 떼고 의자에 등을 기대앉았다.

"인질 교환 작전 때 알비 대원 한 명이 체포되어 끌려갔다더라고."

"생존자가 있어? 누구야?"

"그것까진 몰라. 나도 궁금해. 대원들 시신만이라도 수습하려고 했는데 도통 알 수가 없어. 그리고……."

"그리고?"

"슬럼가 사람들을 수용소로 실어 나르기 시작했어."

"나쁜 놈들."

"들리는 얘기로는 저항하는 사람들에게 총격까지 가했

다고 하더라고. 학살이나 다름없는 거지. 조만간 이곳도 들이닥칠 거야. 벌써부터 놈들이 다른 도시로 이동하지 못하게 길목을 차단하고 있어. 나도 오늘부터 잠수 탈 거야."

"숨는다고 해결될 문제가 아니잖아. 내가 끝낼 거야."

"무슨 수로?"

"우선 그 자식이 어디에 숨었는지 알아봐 줘."

세리가 건물 밖으로 나왔다. 점퍼 주머니에 손을 찔러 넣고 거리를 살폈다. 거리는 여전히 한산했다. 막 모퉁이를 도는 순간, 군사경찰 지프차 세 대가 빠른 속도로 달려와 반사적으로 움찔하던 세리가 갑자기 뒤를 돌아봤다. 심장이 요동치기 시작했다. 지프차는 병원 방향으로 가고 있었다. 동공이 커지며 숨이 가빠지자, 세리는 병원 건물 구석에 기대 숨을 몰아쉬었다. 손으로 가슴을 누르며 진정시키려 애썼다. 살짝 고개를 내밀어 거리의 동향을 살폈다. 군사경찰 지프차가 한 블록 떨어진 곳에서 도로를 통제하고 있었다. 병원 출입문으로 향하던 세리는 3층 병실을 올려다봤다.

침착하게 배관을 붙잡고 3층을 향해 올라가기 시작했다. 3층에 도착한 세리는 창가에 매달려 조심스레 병실 안을 살폈다. 다행히 지민이 아영과 함께 놀고 있었다. 안심

한 세리는 온몸에 힘이 빠지는 듯했다. 그때 지민과 눈이 마주쳤다.

"야, 너 거기서 뭐 해?"

흠칫 놀라 재빨리 창문 아래로 머리를 내렸다. 순간 자신이 숨은 것이 멍청하게 느껴졌다. 세리는 구렁이 담 넘듯 병실로 들어와서는 지민에게 퉁명스럽게 대꾸했다.

"보면 모르냐? 운동한다."

지민이 가만히 일어나 세면대에 걸쳐진 색 바랜 누런 수건을 건넸다. 먼 거리에서 전속력으로 뛰어왔고, 3층까지 배관을 타고 기어 올라왔으니 온통 땀투성이인 게 당연했다. 세리는 수건을 받고는 점퍼를 벗어 침대에 던져 놓고 세면대에서 세수했다. 섬세하게 발달한 등 근육이 땀에 달라붙은 티셔츠 위로 꿈틀댔다. 뒤에서 지민과 아영이 서로 속닥거리는 게 들렸다.

"언니 멋있지?"

"멋있다고? 안 무서워?"

"조금……"

세리가 뒤를 돌아보며 째려보자 그들은 먼 산을 바라보며 딴청을 부렸다.

세리에게 방글거리며 웃고 있는 아영은 아홉 살이다.

전쟁 이후, 많은 사람이 죽고 온전한 가족은 거의 없었다. 그래서 입양 가정과 재혼 가정이 많이 생겨났는데, 그때 아영도 동진에게 입양되었다. 그들은 서로 의지하며 지난날의 고통을 잊고 살기 위해 많은 노력을 기울였다. 아영은 자칭 최연소 알비 대원으로, 병원에서 간호사 역할을 하며 아빠와 함께 살았다. 그들을 잘 아는 세리는 한 가족의 새 출발에 막이 내리지 않게 하리라 다짐했다.

"둘이 무슨 사이야?"

아영이 지민에게 묻자 세리의 눈이 커졌다. 지민이 아영에게 되물었다.

"왜 그런 걸 물어?"

"사귀는 사이야?"

"음, 쟤가 나한테 깡패처럼 말하는 거 보면 잘 알 텐데?"

"그래서 묻는 거야. 언니는 원래 좋아하는 사람한테만 그렇게 해."

"네, 그러세요? 괜찮다고 전해 주세요."

세리가 젖은 수건을 지민에게 던졌다.

"조아영, 너무 까분다. 그만 캐물어. 저 오빠 지금 상태가 너무 안 좋아."

"아, 그래서 언니가 그렇게 애지중지하는구나?"

"너!"

아영이 웃으며 병실을 빠져나갔다. 어이없는 표정을 짓던 세리가 피식 웃었다. 그러다 지민과 눈이 마주쳤다.

"궁금해서 물어보는 건데, 너 원래 표정이 하나야? 처음 볼 때부터 지금까지 표정이 참 일관되다 싶어서. 그냥 눈빛으로 다 말하는 거 같기도 하고."

지민은 수긍하듯 고개를 끄덕였다. 그때 아영이 다급하게 병실로 뛰어 들어왔다.

"언니, 빨리 움직여. 특임대가 떴대."

세리는 반사적으로 품속에서 권총을 꺼내 들고 병실 복도를 살폈다. 아영이 지민의 손을 잡고 창가 끝 완강기로 이끌었다. 병원 뒷마당에는 다행히 아무도 없었다.

세리가 지민에게 말했다.

"먼저 내려가, 서둘러."

지민이 완강기에 연결된 로프를 창밖으로 던졌다. 그리고 로프에 보호 벨트를 매고 창밖으로 몸을 내밀었다.

지민이 아영의 얼굴을 매만졌다.

"아영아, 조심해."

"오빠가 구원자이길 바라."

"난 구원자가 아니야."

지민은 아영을 외면하고 창밖으로 몸을 날렸다. 아래로 떨어진 지민을 애타게 보는 아영의 뒤로 세리가 다가와 꼭 껴안았다.

"아영아, 지민이는 구원자가 맞아."

보호 벨트를 맨 세리가 아영과 눈을 마주하며 창밖으로 몸을 날렸다. 그 찰나, 아영의 어깨 너머로 장강철이 동진의 머리채를 붙잡아 병실로 끌고 들어오는 것이 보였다. 세리의 눈에서 불이 일었다.

＊ ＊ ＊

"명하신 대로 준비했습니다."

"실험실부터 가지."

지하 1층. 마상필은 단장, 부관과 함께 특전단 실험실로 들어섰다. 실험실은 안을 훤히 들여다볼 수 있게 온통 유리벽으로 되어 있었고 소독약 냄새가 진동했다. 마상필은 코를 벌름거리며 인상을 썼다. 하얀 가운을 입고 마스크를 착용한 군의관 두 명이, 감염인간을 상대로 임상 실험을 하고 있었다. 실험실 벽면에는 유리병에 담긴 온갖 신체 장기가 채워져 있었다. 중앙에는 차가운 은빛이 감도는 스테인리스 테이블 위에 바이러스에 감염된 낸즈들이 누워 있었는데, 두개골이 열려 있어 뇌가 훤히 보이거나 장기 없이 텅 빈 상체가 열려 있었다.

마상필은 미간을 찌푸리며 낸즈들을 바라보다가 한 군의관이 누워 있는 낸즈 머리에 전기 자극을 주는 실험을 구경했다. 전기 자극에도 낸즈는 반응이 없었다. 다른 곳에 자극을 주어도 아무런 반응을 보이지 않자, 기대에 찬 눈빛으로 바라보던 마상필은 곧 흥미를 잃었다. 다른 곳으로 방향을 틀려던 그의 앞에 한 낸즈가 갑자기 벌떡 상체를 일으켰다. 마상필은 지체하지 않고 낸즈에게 오른주먹을 날렸다. 두개골이 박살 나는 퍽 소리와 함께 전기 자극에 반응을 보인 낸즈가 바닥에 나뒹굴었다. 군의관과 단장, 부관이 놀라 입이 쩍 벌어졌다. 마상필이 낸즈 살점이 묻은 장갑을 벗어 던지자, 티타늄으로 만들어진 손이 번쩍 드러났다. 그가 얼어붙은 군의관의 어깨를 가볍게 두드리며 실험실을 나섰다.

마상필은 다음 실험실로 가려다가 투명한 유리벽 너머로 뭔가를 발견했다. 그곳에는 냉동관이 나열되어 있었고 그 안에 시신이 하나씩 자리 잡고 있었다.

"인질 작전 때 사망한 적의 시신을 실험용으로 사용하

고 있습니다.”

뒤를 따르던 부관이 설명했다. 쓸쓸한 미소를 지어 보이며 마상필이 지나쳤다. 그가 다음 방으로 들어섰다. 그곳은 투명한 유리로 된 네 개의 방으로 이루어졌다. 각 방마다 살아 있는 낸즈가 있었다. 그들은 특이하게 헬멧을 착용한 채 바닥을 보며 어슬렁댔다. 마상필은 가까이 다가서며 관심을 보였다.

“저것이 컨트롤 헬멧이라는 건가?”

“그렇습니다.”

단장이 답변했다. 그가 한쪽에 있는 방 유리를 똑똑 건드리자, 거구의 낸즈가 유리관 너머에서 사납게 달려들었다. 마상필은 거구의 날랜 동작에 놀라 몸을 움찔했다.

“오, 이놈 봐라.”

낸즈는 유리관에 부딪혀 바닥에 쓰러졌다가 다시 일어나 그에게 달려들었다. 그가 손가락 하나를 까딱거리니 부관이 조종기를 가져왔다.

“작동해 봐.”

부관이 조종기를 작동하자 거구의 낸즈가 머리를 감싸며 고통스러워했다. 낸즈는 조종기 쪽을 등지고 구석으로 사라졌다.

"놈들이 아무리 미쳐 날뛰어도 조종기 근처에는 얼씬도 하지 못합니다. 이제 낸즈를 조종기로 컨트롤할 수 있게 됐습니다."

"저 덩치가 아주 마음에 드는군."

감격스러웠다. 핵무기에 절대 밀리지 않는 꿈의 무기를 실현한 것이다. 이것이야말로 친환경 무기가 아니고 무엇이란 말인가. 머지않아 열강을 발아래 놓고 세계를 호령하는 시대가 다가올 것이다. 마상필은 스스로를 자랑스럽게 생각했다. 그가 물었다.

"만약 저놈들이 헬멧을 벗어 던지면 어떻게 되지?"

"네, 다시 씌우면 됩니다."

마상필은 부관을 천천히 돌아봤다. 그의 표정엔 변화가 없었지만 실험실의 분위기를 무겁게 짓눌렀다. 단장이 재빨리 부관의 정강이를 걷어찼다. 부관은 고통을 참으며 뒤로 물러났다. 단장이 직접 마상필에게 보고를 했다.

"그건 걱정하지 않으셔도 됩니다. 헬멧을 만지는 순간, 바로 강한 전기 자극이 옵니다. 낸즈도 그걸 인식한 듯합니다. 그리고 최근에 헬멧을 대신해서 머릿속에 칩을 심는 연구를 하고 있습니다. 조금 시간이 걸리겠지만, 반드시 성공하겠습니다."

"이번 일을 잘 마무리해야 하니 도움이 되어 주시게."

"각별히 신경 쓰겠습니다."

단장의 안내로 마상필은 자리를 옮겨 널따란 취조실로 들어섰다. 그곳엔 박흥범이 테이블을 앞에 두고 앉아 있었다. 그는 구타를 당한 듯 몸이 조금 상해 보였다. 마상필은 미간을 찌푸렸다.

"사람들 하고는…… 그래도 군 선배인데, 어찌 이래?"

단장은 그의 채근에 긴장했다.

"제가 경솔했습니다."

"그만 가 보시게."

단장이 나가자, 마상필은 의자에 앉아 박흥범과 마주했다.

"그래도 저 친구는 자네보다 양반인데 뭘 그리 면박하시는가?"

"만나면 할 말이 많을 줄 알았는데…… 막상 이렇게 보니 할 말이 없군요."

"시간 낭비하지 말고, 자네가 잘하는 즉결 처분을 부탁하네."

"그렇게 해 드리면 좋겠지만, 내가 빚을 지고는 못 사는 성격이라."

마상필은 허전한 빈자리에 손을 가져다 댔다. 검은 가죽 안대 위에 그의 손이 있었다. 의안이라도 넣고 싶었지만, 복수의 그날까지 참고 또 참아 왔다.

"그날 내가 수용소에서 한쪽 눈을 잃고, 하루도 당신을 잊은 적이 없어."

"나도 하루도 자네를 잊은 적이 없네. 왜 그때 죽이지 못했을까?"

마상필이 자리에서 일어나 천천히 박홍범의 주위를 맴돌았다.

"어떻게 되돌려 줄까, 많은 생각을 했지."

그가 박홍범에게 다가갔다.

"제일 좋은 선택은 이거 같아."

마상필의 차가운 티타늄 손가락이 박홍범의 눈에 닿자, 박홍범은 이를 악물었다.

* * *

지민이 객실 복도를 살피고 세리가 603호 문을 열고 객실로 들어갔다. 뒤따라 들어온 지민이 커튼을 닫으며 방 안을 살폈다. 세리가 소파에 앉으며 지민에게 말했다.

"그렇게 초조해할 거 없어. 눈에 띄자마자 죽여 버릴 거
니까."

"진정해. 그에게서 얻어야 할 정보가 생각보다 많을 수
있어."

지민은 커튼 틈으로 창밖을 조심스레 내다봤다. 지금
부터는 매 순간 목숨을 걸어야 한다. 몸이 아직 완치되지
않아 부상을 입은 어깨가 쑤셔 왔다. 나뭇가지에 찔린 옆
구리도 아팠다. 호텔까지 정보원의 비좁은 청소 차량에
쭈그려서 온 탓에 엎친 데 덮친 격으로 허리와 다리까지
저려 왔다. 어디 하나 몸 성한 곳이 없었지만 고통스러운
표정을 드러낼 수 없었다. 남들은 대단하다고 생각할 수
있겠지만, 지민은 속으로 삼킬 뿐이었다.

갑자기 엄마의 얼굴이 떠올랐다. 엄마는 무사하실까?
박흥범과 영감의 얼굴도 어렴풋이 떠올랐다. 시신은 어떻
게 됐을까? 세리에게 물어볼 수도 없어 세리가 외출한 사
이 의사에게 겨우 물어봤다.

며칠 사이에 정말 많은 일이 벌어졌다. 말같이 드센 세
리를 만나 날 구원자로 불렀던 박흥범에게 내 과거 이야
기를 들었고, 유나와 약혼식을 올렸으며 엄마가 납치를
당했다. 제 발로 인질이 되었던 유나와 엄마의 인질 교환

까지……. 그러다 갑자기 장강철의 모습이 떠오르자 입에서 욕이 튀어나왔다. 바로 그때, 호랑이도 제 말하면 오는지 특임대 지프차에서 장강철이 내렸다.

지민은 세리에게 손가락을 튕기며 신호를 보냈다. 그리고 침대 아래로 몸을 숨겼다. 세리는 실내 옷장으로 들어갔다. 숨을 죽이며 장강철이 올라오는 시간을 가늠하다가 얼추 올라올 시간이 다 되었을 즈음 신경을 집중해 귀를 기울였다. 지민의 눈에 힘이 들어갔다. 찰칵, 문소리가 나며 객실 안으로 장강철과 특임대 작전 과장 한 소령이 들어왔다. 장강철이 짜증을 냈다.

"아, 되게 피곤하게 구네. 내가 오늘 놈들이 있을 만한 곳을 찍어서 갔잖아. 그럼 당신들이 잡아야지, 왜 못 잡은 걸 내 탓을 해."

"놈들을 또 놓쳤다고 하면 나나 당신이나 좋을 게 없으니까 그러는 거지. 당신도 마 대령 성격 알잖아."

"그래서 어쩌라고?"

"내일까지 못 잡으면 당신이나 나나 큰일 나는 거라고."

장강철이 소파에 앉아 테이블 위에 발을 뻗으니 한 소령의 눈에 핏발이 섰다.

"아, 몰라. 배 째라고 해. 나도 할 만큼 했어."

"근데 이 자식이 돌았나?"

화가 치민 한 소령이 이성을 잃고 장강철의 머리채를 잡아 자리에서 끌어내 주먹으로 내리쳤다. 장강철이 침대 앞까지 굴러가는 바람에 침대 밑에 숨은 지민이 움찔했다.

"내가 마상필 졸개나 하고 있으니까 우습지?"

그가 군화로 쓰러진 장강철을 걷어찼다. 장강철의 입에서 신음이 새어 나왔다.

"나, 마상필 군 선배야, 알아? 초임 시절 골통 짓을 많이 해서 나한테 많이 얻어 터졌어. 그놈이 내 뒤에서 식판 들고 따라다니던 놈이었다고!"

그가 다시 분을 못 이겨 장강철을 밟았다. 장강철은 몸을 웅크리며 앓는 소리를 냈다.

"진급 못 하고 경비대에서 빌빌거릴 때 그놈이 날 특임대로 불러들였어. 난 고마워서 넙죽 자세를 낮췄는데, 그놈은 나한테 복수하고 싶었던 거야. 맨날 날 못 잡아먹어서 안달 난 그놈한테 또 찍히면……."

분풀이하듯 또다시 밟으려는데 장강철이 그의 발을 잡고 매달렸다.

"잘못했습니다. 제가 피곤해서 정신이 나갔나 봅니다. 반드시 찾아내겠습니다."

한 소령이 테이블에 걸터앉아 숨을 몰아쉬며 손가락을 벌렸다. 눈치 빠른 장강철은 재빨리 손가락에 담배를 끼워 주고 불을 붙였다.

"너한테 부탁을 하는 게 아니야, 알아들어?"

장강철이 비굴하게 굽실대며 말했다.

"알겠습니다. 놈들이 박흥범을 구하러 가지는 않았을까요?"

장강철의 말에 한 소령이 웃었다.

"차라리 그랬으면 좋겠네."

"무슨 말씀이신지……."

"특전단으로 찾아간다는 건, 자기 손으로 무덤 판다는 이야기거든."

"박흥범이 거기에 있습니까?"

"아, 몰라. 감염인간을 수용소에 보내는 것도 못 할 짓인데, 이런 것까지 다 날 시킨다니까?"

"그런 일은 군사경찰한테 넘기면 되지 않습니까?"

"아직 뭐가 어떻게 돌아가는지 모르면 가만히 있어. 군사경찰 단장하고 우리 사령관하고 앙숙이야."

"피곤해 보이시는데 그만 돌아가셔서 쉬세요. 저도 오늘 아침 다섯시에 일어나서……."

"나는 어제 일어났어. 한숨도 못 잤다고!"

한 소령이 벌떡 일어나자 반사적으로 장강철이 몸을 웅크렸다.

"방법이 하나 더 있습니다. 오늘 수용소로 보낸 의사 가족을 공개 처형한다고 하면 잡을 수 있을 겁니다."

"그러든가. 아무튼 무슨 수를 써 봐."

한 소령이 움직이기 시작했다.

"네, 알겠습니다. 그럼 쉬십시오."

"쉬기는. 지금 사령관 관저로 들어가야 해. 최유나에게 줄 잘못 댔다가 내가 죽게 생겼네."

한 소령이 자조 섞인 푸념을 하며 객실 밖으로 나가자, 객실이 조용해졌다.

"개자식!"

객실의 침묵은 세리의 욕설로 깨졌다. 지민이 잽싸게 침대 바닥에서 나와 보니 이미 세리가 장강철의 목을 짓밟고 있었다. 장강철은 찍소리도 내지 못하고 목이 눌려 바동댔다.

"너 같은 놈한테는 욕도 아깝다."

세리가 지민을 보며 흥분을 가라앉혔다.

"정보는 특임대 장교한테 다 들은 거 같은데, 이제 이놈을 살려 둘 이유 없는 거 맞지?"

지민은 세리의 말에 대꾸하지 않고 한 소령이 말한 정보를 되새김했다. 박흥범이 특전단 훈련소에 살아 있다. 군사경찰 단장 차도훈은 계엄 사령관 최종혁과 앙숙이다. 그리고 한 소령은 최유나의 정보통이다. 지민은 여기서 생각이 멈췄다. 한 소령의 말을 어디까지 믿어야 하는지 가늠할 수 없었다.

"세리야, 일단 특전단으로 가자."

"거긴……."

"움직이자. 그자는 네가 알아서 처리해."

세리가 장강철의 목에서 발을 떼면서 권총을 겨눴다. 그가 애절하게 외쳤다.

"살려 줘. 나도 어쩔 수 없었어. 너도 알잖아."

"좋아, 그럼 내게 정보를 팔아 봐. 그 정보가 너를 살릴 수 있을지도 모르잖아?"

"어, 박흥범. 그는 특전단으로 보내졌어."

"알고 있어."

장강철이 세리의 눈치를 슬그머니 봤다.

"또 어제부터 슬럼가의 감염인간들을 수용소로 보내고 있어. 아영이네도 수용소로 보냈어."

"그것도 알고 있어. 정보원은 신선한 정보가 생명인 거 몰라? 넌 점점 죽어 가고 있는 거야."

장강철의 얼굴이 푸르게 질려 갔다.

"영감하고 다른 동료들 시신은 다 어디로 갔어?"

"그건 몰라. 정말이야."

"알 필요가 없겠지. 알고 있으면 너한테 도움 됐을 텐데."

"자, 잠깐만."

"대장은 끝까지 함께 가려고 했었는데……. 죽은 동료들에게 가서 사과해."

세리의 사형선고에 공포에 질린 장강철은 단단히 경직됐다. 어떻게든 죽음을 면해 보려 했지만, 세리가 쏜 총은 장강철의 가슴을 향했다.

* * *

검정색 특임대 군복과 장비들이 바닥에 툭 떨어졌다. 지민과 세리는 어리둥절해했고, 재석은 싱글거리며 서 있었다.

"재석아, 이거 뭐야?"

"입는 거야."

"멍청이 같으니, 그걸 물어보는 게 아니잖아."

세리가 발끈하자 지민과 재석이 서로를 바라봤다. 재석이 고개를 절레절레 흔들자, 지민은 고개를 끄덕거렸다.

"둘이 뭐 하는 거야? '성질 한번 더럽군' '그래 맞아'. 뭐, 그런 거야?"

재석은 마치 들키기라도 한 듯 세리를 보며 경악했다. 그리고 조심스럽게 방을 빠져나갔다. 세리가 콧방귀를 뀌며 방을 둘러봤다.

"얘는 이 큰 방을 혼자 쓰는 거야? 여긴 우리 무기 창고만큼 넓잖아."

"어서 갈아입어."

지민이 서두르며 옷을 갈아입으려 하자 세리가 매섭게 말했다.

"야, 넌 나를 뭐로 보는 거야?"

지민은 윗옷을 벗으려다 순간 아차 싶어 얼굴에 옷을 뒤집어쓴 상태로 멈췄다.

"미안."

그대로 화장실로 향하는 지민에게 세리가 한마디 했다.

"아무리 급해도 그렇지."

지민이 옷을 갈아입고 밖으로 나왔다. 세리는 이미 검

은색 특임대 복장을 하고 있었다. 머리부터 발끝까지 장비를 모두 갖춘 모습이 무척 잘 어울렸다. 테이블 위에는 권총 두 자루도 준비되어 있었다.

"이 장비도 전부 재석이네가 생산한대."

"멍청하게 보이는데 보기보단 치밀한 놈이네."

"넌 재석이를 알지도 못하면서 왜 그렇게 싫어해?"

"부잣집 애들은 재수 없거든. 내 열등감이라고 해 두자."

재석의 도움은 의외였다. 단지 지민의 첫인상이 좋았다는 이유로 위험에 처할 수 있는 상황임에도 몸을 내던져 도와주고 있었다. 재석의 계략은 특임대로 위장시킨 두 명과 군수공장을 방문해 신상 무기를 넘겨주는 것이었다. 재석이는 멋진 슈트를 입고 나타나 양손을 맞잡으며 말했다.

"자, 출발할까?"

"재수 없어."

세리가 재석을 눈으로 흘기며 앞장서자, 재석과 지민이 뒤를 따랐다.

재석의 빨간색 슈퍼카는 멀리서 보기에도 그 위용을 자랑하기에 충분했다. 거리에서 차도 사람도 모두 슈퍼카를 피했다. 이 시대에 슈퍼카는 신분증과 같았다. 특임대 복장으로 태가 나던 세리는 뒷좌석에 구겨지다시피 앉아 구시렁댔다.

"아무리 비싼 차면 뭐 해? 불편해 죽겠네. 갖다 버려!"

"차가 2인승이라 그래요. 조금만 참읍시다. 다음엔 리무진으로 모실게요."

"그나저나 이렇게 눈에 띄게 슈퍼카로 가는 이유가 뭐야? 허튼수작 부리다 걸리면 슈트 입은 채로 저세상에 직행할 수 있다는 걸 명심해."

"아무렴. 사실 이 차는 군수공장 프리패스 카입니다."

"뭐?"

"이 차를 타야 군수공장으로 들어갈 수가 있다고. 이차, 아버지 거야."

"그럼 아버지는?"

지민이 궁금해했다.

"아버지는 집에 계시지. 침대에 묶인 채로."

세리가 경악하고 지민은 귀를 의심했다. 재석이 친구를 돕기 위해 아버지를 묶어 감금했다니 믿기지 않았다. 아니, 믿을 수가 없었다.

"그 말이 사실이라 치고, 이렇게까지 우리를 도와주는 이유는?"

"주관식 문제야? 답이 될진 모르겠는데…… 말해 볼게. 각자 크기는 달라도 집안 문제는 다 있잖아. 우리 집 문제는 어머니가 감염인간이라는 거야."

그제야 지민은 왜 재석이 감염인간 문제에 민감했는지, 그리고 자신에게 감동했는지 알 수 있었다. 천대받는 감염인간을 도와 함께 청소하는 지민을 봤기 때문이다. 하지만 세리는 재석의 말이 답이 아니라 생각하는 모양이었다.

"그게 뭐? 이런 시대에 가족 중에 감염인간 한 명쯤 있는 건 당연한 거 아니야?"

"문제는, 순수인간은 감염인간을 사람으로 보지 않는다는 거야. 어머니는 참다 못해 스스로 집을 나가 슬럼가에 들어가셨지. 아버지는 어머니를 잡지 않았어. 감염인간 가족이 돈벌이에 방해가 된다고 생각했던 거야. 치료제를 맞지 못해 서서히 낸즈로 변해 가는 어머니를 내가 터널에서 찾아냈어. 너도 잘 알 거야. 주기적으로 치료제를 맞지 않으면 낸즈로 되돌아간다는 사실을. 난, 우리 아버지와 반대로 가길 원해. 말이 너무 길었다. 여기까지."

재석은 남의 이야기 들려주듯 편안하게 말했다. 세리는 박수를 치고, 지민은 재석의 어깨를 다독였다.

슈퍼카는 재석의 말대로 보안이 철통같은 군수공장을 무사히 진입할 수 있었다. 그들이 차에서 내려 군수공장 안으로 들어서자, 공장에서 공장장이 직접 나와 재석을 맞이했다.

"도련님, 연락도 없이 갑자기 어쩐 일이십니까?"

"공장장, 아니 아저씨. 여기 특임대 분들한테 이번 신상 장갑차 테스트받을 거예요. 얼른 내주세요."

공장장이 날카로운 눈빛으로 지민과 세리를 봤다.

"회장님의 지시가 없었습니다만."

"아버진 지금 오실 형편이 안 돼요. 그래서 제가 직접 슈퍼카를 몰고 왔어요. 차가 아버지의 지시입니다."

"네, 특임대분들이 직접 오셨네요."

"맞습니다. 이번에 특채로 특임대에 들어간 인재들이 랍니다."

재석이 미심쩍어하는 공장장을 빤히 보았다.

"또 궁금한 게 있으면 물어보시죠. 조만간 제가 회사를 직접 경영할 텐데…… 전 미적거리는 걸 별로 좋아하지 않아요. 아저씨도 아시잖아요?"

"그럼요, 도련님. 바로 준비하겠습니다."

공장 안 거대한 창고 문이 서서히 열리자, 지민과 세리의 눈이 반짝이며 입이 살짝 벌어졌다. 창고에는 많은 방산 무기가 진열돼 있었는데 그중 가장 눈에 띄는 것은 단연코 검은색 장갑차였다. 대전차 미사일과 RCW 30밀리미터 기관포를 매달고 떡하니 버티고 있었다.

"무기는 전부 채워져 있죠?"

"그럼요, 지금 몰고 나가서 전쟁을 치러도 될 정돕니다."

"수고했어요. 그럼."

공장장은 재석의 의도를 알 수 없어서 고개를 갸우뚱거리며 재석을 쳐다봤다.

"제가 회장님과 통화를 한번 해 봐도 괜찮겠습니까?"

"공, 장, 장, 님. 그러지 말고 지금 아버지한테 저와 함께 가시죠. 사직서도 같이요."

공장장은 망설이며 서 있다가 재석에게 인사하고 자리를 벗어났다.

지민이 장갑차를 손으로 어루만지며 말했다.

"재석아, 마지막으로 부탁 하나만 하자."

"친구, 말해 봐."

"군사경찰 단장 차도훈에게 연락해 줘. 최종혁이 엄마를 납치했다고. 그자가 최종혁의 사람이 아닌지 확인할 수 없지만……. 부탁해."

“알았어. 확인해 보면 알겠지.”

재석은 핸드폰을 지민에게 전했다.

“어떻게 쓰는지 안 까먹었지? 아빠 핸드폰이야. 어디든 직통으로 연결돼.”

“부잣집 도련님, 협조 고맙다.”

세리가 지민 대신 재석에게 고마움을 전했다.

“그래, 너도 몸조심하고. 다음에 만나면 클럽 같이 가자.”

세리가 고개를 절레절레 흔들며 장갑차 조종실에 올라타고 재석과 지민이 두 손을 맞잡았다.

“지민아, 난 처음부터 네가 보통 놈이 아니라는 걸 눈치챘어. 너에게서 나를 발견했지.”

뒤에서 장갑차 운전석에 앉은 세리가 웃으며 지민에게 외쳤다.

“마스터 스위치 온. 브레이크 해제. 시동.”

8

장갑차는 특전단 훈련소 정문 앞에 도착했다. 세리가 손에서 장갑차 조종간을 놓고 정면을 바라보고 있었다. 특전단 훈련소의 정문을 보며 세리는 무슨 생각을 하고 있을까? 지민에게도 이곳은 두 번 다시 오고 싶지 않은 곳이었다. 아무것도 모른 채 끌려오다시피 한 훈련소였지만 오늘은 박홍범을 구하고 이곳을 문 닫게 할 것이다.

정문 앞에는 20밀리미터 개틀링 건을 장착한 2미터 높이의 아미봇이 경계를 서고 있었다. 위병 한 명이 고개를 갸우뚱거리며 장갑차를 바라보았다. 세리가 침묵을 깨고 입을 열었다.

"나한테 신체 비밀이 하나 있어. 내 다리는 영감이 티타늄으로 제작한 로봇 다리야. 난 솔직히 두려워. 이곳에서 두 다리를 잃었거든.”

“나한테도 비밀이 있어. 네가 전에 나한테 원래 표정이 하나냐고 물었지? 맞아, 난 표정이 하나밖에 없어.”

“뭐? 그럼 너도 사이보그야?”

“아니, 그건 아니고. 그냥 표정을 잃어버렸어.”

“그게 가능해?”

“그런가 봐. 최근에 표정을 하나 개발하긴 했는데.”

“궁금해. 한번 해 봐.”

지민은 입꼬리를 올려 세리에게 웃어 보였다. 지민의 기괴한 표정에 세리가 조용히 말했다.

“그만해.”

지민은 손목시계의 스톱워치를 눌러 시간을 설정했다. 그리고 모니터를 보고 레버를 돌렸다. 모니터 한가운데 아미봇이 잡혔다.

“지금부터 내가 몬스터 1호가 된 이유를 증명해 볼게.”

지민의 손가락이 레버의 스위치를 당기자 정문을 지키던 아미봇에게 30밀리미터 기관포가 쏟아졌다. 아미봇은 속절없이 기관포를 얻어맞고 순식간에 파괴되었다. 장갑차로 다가오던 위병은 깜짝 놀라 벌벌 기어 도망쳤다.

지민은 다시 레버를 돌렸다. 이번엔 위병소가 모니터

에 잡혔다. 모니터 옆에 붙은 빨간색 스위치를 누르자 장갑차에서 대전차 미사일이 발사됐다. 대지를 울리는 폭발음과 함께 위병소가 연기 속으로 사라졌다. 세리는 속이 후련한 듯 표정이 밝아졌다.

"자, 들어가자."

난장판이 된 특전단 정문을 검은 장갑차가 서서히 진입했다. 느닷없는 공격에 난리가 난 부대 안에서 비상 사이렌이 요란하게 울렸다. 1층 통제실에 또 한 방의 대전차 미사일이 날아갔다. 건물을 울리는 커다란 폭발음과 함께 사이렌 소리가 멈췄다. 장갑차가 좌측으로 돌자 낯익은 원형경기장이 눈에 들어왔다. 헬게이트, 세리가 두 다리를 잃은 곳이었다. 세리는 잠시 장갑차를 세우고는 조종간을 꽉 움켜쥐었다.

"한 방 날려줘."

세리의 부탁에 이번에도 지민은 지체 없이 헬게이트로 대전차 미사일을 날렸다. 폭발음이 들리고 자욱한 연기 속에서 한 짝만 남은 문이 너덜거렸다. 세리가 지민을 향해 엄지를 치켜들었다. 그때, 커다란 충격이 장갑차에 연속적으로 가해졌다. 다행히 장갑차는 총탄의 공격을 가뿐히 막아 냈다. 세리가 모니터를 보며 말했다.

"아미봇이 네 대나 뒤에 붙었어."

"빨리 주차장으로 들어가."

"왜 맞대결을 피하는 거야? 혹시 이거 반납해야 해?"

"근접한 데서 아미봇 네 대와 맞대결하는 건 위험해."

연막탄을 아미봇 앞에 터뜨리자, 자욱한 연기가 사방으로 퍼져 나갔다. 그 틈을 이용해 장갑차는 건물 주차장 안으로 재빨리 들어갔다. 주차장 안쪽으로 방향을 트는 순간, 지민이 해치를 열고 장갑차 밖으로 튀어 나가 재빨리 주차된 차량에 몸을 숨겼다. 세리는 장갑차를 주차장 맨 끝의 다른 차량들 사이에 주차했다.

조용한 지하 주차장에 궤도 바퀴 소리가 끔찍하게 들려왔다. 비탈진 주차장 경사로에 아미봇이 한 대씩 내려오며 빨간 열 감지 레이더를 돌리기 시작했다. 지민은 호흡을 가다듬었다. 아미봇이 빨간 눈의 열 감지 레이더를 돌리며 주차장 안으로 들어섰다. 아미봇들이 천천히 주위를 둘러보며 레이더와 함께 개틀링 건을 조준했다. 개틀링 건이 불을 뿜기 전에 움직여야 했다. 바닥에 납작하게 엎드린 지민의 이마에서 식은땀이 흘러내렸다.

아미봇이 일렬로 멈춰 서서 개틀링 건을 일제히 한 방향으로 움직였다. 지민은 본능적으로 옆으로 튀어 나갔다. 그러자 네 대의 개틀링 건이 불을 뿜었고, 지민이 몸을 숨겼던 지프차가 순식간에 박살이 나면서 주저앉았다. 이제부터 지민은 동작을 멈출 수 없었다. 만일 멈췄다면 이미 죽은 거니까. 지민이 움직일 때마다 몸을 막아 주던 자동차가 폭발을 일으켰다. 그런데 지민은 뭐든지 파괴해 버리는 무시무시한 아미봇의 곁으로 점점 다가갔다. 지민은 점점 거리를 좁히다 아미봇 가운데로 파고들었다. 가장 가까이에 선 아미봇 위로 그가 날렵하게 올라탔다.

아미봇은 서로에게 공격할 수 없게 설계되었으므로 일시에 공격을 멈추고, 빨간 눈을 껌뻑거렸다. 개틀링 건의 공회전 소리만 지하 주차장에 울렸다. 지민은 잠시 숨을 고르다가 아미봇의 머리 역할을 하는 빨간 눈의 레이저 박스를 있는 힘을 다해 밀었다 당겼다. 목이 꺾인 아미봇은 빨간 눈이 꺼지며 완전히 동작을 멈췄다. 하지만 개량형 아미봇이라 레이저 박스가 뽑히진 않았다. 지민은 침착함을 유지했다. 아미봇은 죽어 버린 동료 몸 위에 매달린 지민을 다시 공격했지만, 지민은 이미 가까이에 있는 다른 아미봇에 올라타고 있었다.

이런 식의 공격으로 첫 번째와 두 번째를 쓰러뜨리고 세 번째 아미봇에게 올라탄 지민은 잠시 멈칫했다. 이것

을 제거하는 순간, 마지막 아미봇이 공격해 올 것이다. 마지막 아미봇이 자리를 옆으로 이동해서 거리가 조금 멀어졌다. 로봇의 시선을 잠시 다른 곳으로 돌리기 위해 지민은 조용히 방탄조끼를 벗었다. 아미봇의 머리를 꺾어 버리고 재빨리 방탄조끼를 놈에게 던졌다.

예상대로 마지막 남은 아미봇은 자신에게 날아드는 방탄조끼에 개틀링 건을 쏘았다. 그리고 측면으로 다가오는 지민을 노려보며 총신 방향을 돌려 총탄을 쏟아부었다. 하지만 지민의 동작이 한 박자 빨랐다. 지민은 이미 아미봇에 올라타 레이더 박스를 손으로 붙잡았다. 그리고 마지막 아미봇의 목을 꺾었다.

주차장 입구에서 두 명의 무장 대원이 이 광경을 목격하고는 지민과 눈이 마주치자 꽁지를 빼고 밖으로 도망쳤다. 세리는 이 모습을 하나도 빼놓지 않고 지켜보며 경이로움에 머리를 움켜쥐었다가 손바닥으로 뺨을 쓸어내렸다. 지민은 세리와 하이파이브 하며 말했다.

"이제 네 차례야."

마상필의 눈길이 사령관 명패에 머물렀다. 그는 최근에 일이 너무 잘 풀려 미간의 주름이 조금씩 풀리는 느낌이 들었다. 더불어 새로운 꿈을 갖게 됐다. 처음 그의 꿈은 모든 장교처럼 별을 다는 것이었다. 하지만 그는 최종혁을 추종하며 이 자리까지 섰으니 머지않아 저 명패의 주인공이 자신이 될지 모른다고 생각했다.

"무슨 말인지 알겠나?"

마상필은 당황했다. 혼자 단꿈을 꾸느라 최종혁의 말을 흘려들었다. 서재에 앉은 최종혁이 그를 올려다봤다.

"화근이 되기 전에 빨리 처리해야 한다고 했는데."

그는 최종혁이 무슨 말을 하는지 바로 알아들었다. 지민과 세리를 말하는 것이다.

"며칠 내로 잡아들일 수 있습니다."

"놈들을 너무 과소평가하면 안 돼. 한발 앞서야 잡을 수 있을 거야."

"다 끝난 거나 마찬가지입니다."

마상필은 최종혁의 깊은 눈빛을 당당하게 받아 냈다. 그만큼 자신 있었다.

그때 핸드폰이 울리자, 마상필이 몸을 돌려 발신자를 확인하고 받았다.

"뭐야! 뭐?"

단 두 마디를 내던진 마상필은 심장이 덜컥 멈춰 버린 듯했다. 그리고 다시 뛰기 시작한 순간, 걱정이 앞서 최종혁의 눈치를 살폈다. 특전단 훈련소가 급습을 당했다는 보고였다. 마상필은 그 내용보다 사령관에게 보고해야 하는 것이 더 걱정이었다.

마상필은 하지 말았어야 할 말을 하고 말았다.

"놈들이 특전단을 급습했다는 보고입니다. 다녀오겠습니다."

"거긴 왜?"

마상필은 최종혁의 말이 놈들이 거길 왜 갔느냐는 질문인지, 마상필이 거길 왜 가느냐는 질문인지 헷갈렸다.

"거기에 박흥범이 있습니다."

"놈들의 다음 목표는 어디라고 생각하는가?"

마상필의 펴진 미간이 깊게 파였다. 속이 부글부글 끓었다. 비장의 무기가 될 수 있었던 몬스터가 계속해서 자신의 발등을 찍고 있었다. 그는 최종혁에게 경례를 붙이지 못하고 고개 숙여 사죄했다. 또다시 마상필의 핸드폰이 울렸다. 전화를 받는 순간, 피가 거꾸로 치솟는 듯했다. 최종혁을 똑바로 쳐다보지 못하고 갈등했다.

"이번엔 또 무슨 일인가?"

그가 허리에 찬 권총집을 열었다. 그리고 권총의 안전 장치를 풀었다. 심상치 않은 일이 벌어졌다는 걸 느낀 최종혁이 눈썹을 꿈틀댔다.

"사령관님, 지하 벙커에 잠시……"

마상필의 말이 끝나기도 전에 서재 문이 벌컥 열리고, 한 소령을 앞세운 군사경찰대가 들이닥쳤다. 마상필 앞에 선 한 소령은 하얗게 질려 안절부절못했다. 눈썹 끝에 맞춰 군사경찰모를 눌러 쓴 장교 네 명이 양쪽으로 나란히 섰다. 그리고 기획과장 차 대령이 마지막으로 모습을 드러냈다. 차 대령은 마상필은 안중에도 없이 지나쳤다. 그는 최종혁을 보며 경례도 붙이지 않고 가볍게 미소를 지었다.

"사령관님, 미리 연락도 못 드리고 불쑥 찾아와 죄송합니다."

"차 대령이 어인 일로 손수 걸음을 하셨나?"

"첩보가 접수됐습니다. 그래서 이렇게 결례하게 됐습니다."

"무슨 첩보인지는 모르겠으나, 나와 관련이 있는가?"

"네, 총리 납치 사건에 관한 첩보입니다. 함께 가 주셔야겠습니다."

"무슨 헛소리를 하는 거야?"

마상필이 고함치며 최종혁의 앞을 가로막았다. 군사경찰 장교들이 모두 레그홀스터에서 권총을 잡았다. 여차하면 발포하겠다는 자세였다.

차 대령의 입가가 씰룩 올라갔다.

"자네 상관하고 말씀 중이다. 어서 비켜!"

"죽고 싶어 환장했군."

"마 대령!"

최종혁이 뒤에서 호통을 쳤다. 마상필은 모든 동작을 멈췄다. 심지어 숨쉬기도 멈췄다.

"두 번 다시 내 잎을 가로막지 말게. 생각을 좀 해!"

마상필은 비켜서는 순간, 최종혁이 자리에서 일어나면서 슬쩍 책상 위에 있는 빨간 버튼을 누르는 것을 봤다. 그는 그 버튼이 무얼 의미하는지 잘 알았다. 버튼이 불러낼 존재를 자신이 만들고 키웠으니까. 그리고 사령관의 마지막 말을 재빠르게 되새겼다. 마상필에게 생각하라는 건, 바로 시간이었다.

"날 체포라도 하시겠다는 건가?"

"설마요. 제가 사령관님을 어떻게 체포합니까? 조사를 해야 하니 임의동행을 하자는 말이죠."

"차도훈 단장의 뜻인가?"

"아닙니다. 그냥 단순한 조사입니다."

"그럼 옷이라도 갈아입겠네."

"그냥 편하게 그대로 가시죠."

마상필은 어떻게 시간을 벌어야 할지 머리를 굴렸다. 그때 그의 눈에 안절부절못하는 한 소령이 보였다.

"한 소령, 너 이리 와!"

마상필의 불호령에 한 소령이 다가섰다.

"너, 뭐 하는 놈이야? 이 자식들이 어떻게 사령관 관저에 쳐들어올 수가 있느냐 말이야! 목숨을 걸고서라도 막았어야지!"

차 대령이 미간을 찡그렸다. 마상필은 차 대령의 시선을 끄는 데 성공했다. 그는 이어 한 소령의 따귀를 왼손으로 때리기 시작했다.

"위아래도 없는 놈, 상관을 우습게 보는 놈, 상황 파악도 못 하는 놈! 어디 주제도 모르고 조사하겠다고 나서, 나서길!"

마상필은 한마디를 내뱉을 때마다 한 소령의 따귀를

때렸다. 한 소령은 속수무책으로 따귀를 맞으며 휘청댔다. 그의 욕과 따귀에 차 대령의 분노가 점점 쌓이다 드디어 폭발했다.

"이 자식이 죽고 싶어서 환장했나? 대령이라고 다 같은 대령인 줄 알아? 기수도 한참 밑인 놈이 어디서 설쳐 대고 있어? 그렇게 까불다 죽는 수가 있어!"

"아니. 형 믿고 설쳐 대다가 네가 먼저 죽을걸?"

마상필의 말이 끝나자마자, 그의 오른손이 차 대령의 목을 움켜잡았다. 목이 잡힌 차 대령은 꼼짝도 하지 못하고 버둥거렸다. 순식간에 벌어진 일에 당황한 군사경찰 장교들이 서둘러 권총을 꺼내 들었다. 모든 총구가 마상필에게 향했다. 하지만 발포하지는 못했다. 그의 손에 휘감긴 차 대령이 그를 가로막고 있기 때문이었다.

군사경찰 장교들이 마상필에게 다가섰다.

"마상필 대령, 손 풀어. 발포하기 전에 어서 손 풀어!"

군사경찰 장교의 외침에 대한 답은 밖에서 들렸다. 폭죽 같은 총성이 집 밖에서 들렸다. 총소리에 놀란 장교들은 창밖으로 시선을 돌렸다.

마상필은 차 대령의 귓가에 대고 속삭였다.

"밖에 있는 네 부하들은 다 전멸했다. 조금 전에 내가 한 말 기억하지?"

겁에 질린 차 대령이 바르르 몸을 떨었다. 마상필은 피에 굶주린 눈으로 그를 보고 웃었다. 그리고 오른손에 힘을 가했다. 바드득 목뼈가 바스러지는 소리와 함께 차 대령이 축 늘어졌다. 군사경찰 장교들 모두 상관의 충격적인 죽음을 보고 기겁했다. 이어 네 번의 소음기 총성과 함께 이렇다 할 저항도 못 하고 모두 그 자리에 쓰러졌다. 그들은 특전단 대원의 저격에 의해 제압됐다. 검은 복면의 특전단 대원 네 명이 집무실 안으로 들어와 바닥에 쓰러진 군사경찰 장교들의 생사를 확인했다.

"어서 치워."

마상필의 명령에 특전단 대원들이 시신을 끌고 나갔다. 한쪽 얼굴이 뻘겋게 부은 한 소령은 죄인처럼 고개를 수그리고 있었다.

서재 의자에 앉은 최종혁이 깊은 한숨을 쉬었다.

"자네 총을 주게."

마상필은 순간 멈칫했다. 하지만 이내 자신의 권총을 두 손으로 최종혁에게 건넸다. 최종혁은 마상필의 총을 이리저리 만져 보았다.

"베레타92. 오래된 물건인데 관리를 잘했군. 전장에서

패한 군인은 용서할 수 있어도 경계에 실패한 군인은 용서할 수 없다. 이것이 내 지론이다."

최종혁이 마상필을 향해 권총을 겨누었다. 마상필은 온몸이 굳어 꼼짝하지 못하고 최종혁의 결단을 기다릴 수밖에 없었다. 하지만 이내 총구가 아래로 내려갔다.

"또다시 총구가 마 대령으로 향하지 않게 하게."

"네, 사령관님."

"지금 바로 군사경찰 사령부로 가서 지휘부를 접수해. 그리고 언론에 알리게. 총리 호위를 맡은 군사경찰단 단장 차도훈이 납치 사건의 배후로 밝혀졌다고. 너구리 같은 차도훈을 꼭 확보해야 해. 필요하다면 기계화 사령부 사령관에게 도움을 요청하게."

"수행하겠습니다."

"마 대령."

"네, 사령관님."

"기억하는가? 혹한기 훈련 중 사고가 났을 때, 자네는 내 목숨을 위해 손목 하나를 잃었다. 난 자네를 제대시킬 수가 없었어. 그리고 한쪽 눈을 잃었을 때도 마찬가지였고. 자네를 떠나보낼 수 없었던 것은 내 운명을 자네에게 맡겼기 때문이야. 마상필 대령, 자네는 나의 동지다."

마상필의 눈시울이 붉어졌다. 목이 메어 오기 시작하자 마른침을 삼켰다. 그가 사령관에게 절도 있는 거수경례를 붙였다. 서재 밖으로 나온 마상필이 감정을 추스르려 심호흡을 하는데 그의 눈에 한 소령이 들어왔다.

"너 뭐 하는 놈이야? 여기가 어디라고 군사경찰과 같이 들어와, 들어오길. 정말 죽고 싶어? 혹시 너…… 그놈들과 붙은 건 아니지?"

"아닙니다, 대대장님. 관저 앞에서 매복한 놈들한테 붙잡힌 겁니다. 믿어 주십시오."

"너, 내가 지켜볼 거야. 병력을 이끌고 가서 군사경찰 사령부를 포위하고 있어. 내가 기계화 부대 병력을 이끌고 합류할 때까지 개미 한 마리도 못 빠져나가게 하란 말이야. 알아들었으면 빨리 뛰어!"

지민과 세리는 막강한 화력으로 두 개의 지하층을 쉽게 접수했다. 한숨을 내쉬며 세리가 지민의 뒤를 쫓았다. 세리의 어깨에 아미봇에서 떼어 낸 커다란 개틀링 건이 매달려 있었다. 1층은 상황실, 2층부터 내무반이기 때문에 박홍범이 있을 만한 곳은 이제 지하 1층뿐이었다. 그를 따라 조심스럽게 계단을 오르던 세리가 출입구 앞에서 개틀링 건을 집어 던지듯 내려놨다.

"아오, 힘들어서 못 해 먹겠네."

지민이 시계를 바라봤다. 시간은 훈련소를 급습한 지 35분이 흐르고 있었다. 지하 1층은 허리 높이까지 모두 유리로 된 실험실이었다. 지민은 조심조심 한 걸음씩 나아갔다. 유리벽 너머 방마다 테이블에 누군가 누워 있었다. 살짝 자동문 스위치를 누르자 문이 열렸다. 첫 번째 방에 도착한 지민은 코를 찌르는 소독약 냄새에 인상을 구겼다. 실험실 벽면에는 유리병에 담긴 온갖 신체 장기가 채워져 있었고 스테인리스 작업대에는 낸즈가 누워 있었다. 지민은 낸즈를 바라보다가 표정을 구겼다. 뒤따라오던 세리도 인상을 썼다. 낸즈 모두 해부된 채 온몸이 열려 있었다.

황급히 이동한 다음 방에는 여러 개의 냉동관이 서 있었다. 방에 들어서자마자 지민은 발걸음을 멈췄다. 냉동관 속에 아는 사람이 있었다. 후방을 주시하다가 돌아선 세리의 앞을 지민이 막아섰다.

"나가자."

"왜, 뭔데?"

세리는 뭔가 미심쩍어 지민을 밀쳐내고 천천히 냉동관 앞에 섰다. 그 안에는 훼손된 영감의 시신이 보관되어 있었다. 세리가 냉동관을 붙잡고 숨죽여 눈물을 삼켰다. 지민도 세리의 고통이 느껴졌지만, 냉정해야 했다. 이곳을 빨리 벗어나기 위해 지민은 세리가 정신 차릴 수 있게 도와주기로 했다.

"서두르지 않으면 살아 있는 박홍범을 만날 수 없어!"

그의 말에 세리가 냉동관을 어루만지며 자리에서 일어났다. 그때 세리의 얼굴은 얼음같이 차가워 보였다.

다음 방으로 세리가 먼저 들어섰다. 인정사정 봐주지 않을 태세였다. 방이 어두워서 지민은 들어서자마자 불을 켰다. 동물 우리와 같은 네 개의 유리방이 보였다. 방 하나만 비어 있고, 세 개의 유리방에 살아 있는 낸즈가 있었다. 유리문이 자동으로 열린 순간 함정에 빠졌다는 걸 눈치챘지만 너무 늦어 버렸다. 입구의 자동문이 저절로 닫혔기 때문이다. 닫힌 출입문을 열려고 했지만 소용없어서, 세리는 유리문 밖으로 나오는 낸즈를 향해 총을 겨눴다. 낸즈의 눈은 푹 들어갔고, 관절은 원래 위치를 벗어나 있었다. 기괴한 모습의 낸즈들은 알비 대원이었다.

세리가 울분을 토했다.

"이런 개자식들. 사람들 가지고 실험했어."

그때 복도 쪽에 누군가가 나타났다. 특전단 단장과 부

관이었다. 그들은 덫에 걸린 짐승을 잡은 듯 흡족한 표정을 짓고 있었다.

세리가 총구를 앞으로 겨눈 채 지민에게 말했다.

"이대로 놈들한테 당할 순 없잖아. 빨리 뭔가 해 봐."

지민도 계산이 서지 않는 와중에, 조종기를 든 부관이 이를 보이며 웃었다. 그러자 낸즈들이 분노하기 시작했다. 헬멧과 조종기가 낸즈로 변한 대원들을 조종하는 것 같았다. 지민에게 낸즈 셋쯤은 문제도 아니었다. 그들이 알비 대원이 아니었다면 말이다. 그들에게 치료제를 투여하면 인간으로 다시 돌아올 수 있었기 때문에 함부로 죽일 수 없었다.

"내가 죽지 않을 정도만 상대할 테니까 세리 넌 빨리 문을 열어. 무슨 수를 쓰든 간에."

그들에게 치명타를 날릴 수가 없었기에 지민은 스파링하듯 싸움을 시작했다. 단장과 부관은 스포츠를 관람하듯 이들의 싸움을 즐겼다. 세리는 아무리 총을 쏴도 깨지지 않는 유리벽을 포기하고 다른 방법을 찾다가 천장을 올려다보며 멈춰 섰다. 세리를 따라 밖에 있던 두 명의 관람자도 천장을 올려다봤다.

점점 지쳐 가는 지민이 세리에게 소리쳤다.

"빨리 좀 해 봐!"

하지만 세리의 모습은 보이지 않고, 바닥에 덩그러니 방탄조끼만이 남아 있었다. 위를 보니 천장을 뚫고 밖으로 탈출한 것 같았다. 잠시 후, 으르렁대던 낸즈들이 갑자기 고통스러워하며 자리에 쓰러지기 시작했다. 그러더니 요란한 총성이 울리고 출입구 유리문이 박살 났다. 세리가 위풍당당하게 개틀링 건을 들고 공포에 질린 단장과 부관을 앞세워 실험실로 들어섰다. 그들은 세리에게 맞았는지 몸을 제대로 가누지 못했다. 세리는 그들과 함께 쓰러진 낸즈들의 헬멧을 벗겨 내어 유리방에 가두었다.

이제 하나만 남았다. 그곳은 검은색 유리문으로 된 방이어서 이전 방들과는 다르다는 게 확실했다. 그곳에 박흥범이 있어야만 했다. 방에서 무슨 일이 벌어질지 알 수 없으니 조심스럽게 문을 열려던 지민과 달리 성질 급한 세리가 지민을 밀치고 방문을 벌컥 열고 들어섰다. 그리고 비명을 질렀다. 박흥범이 왼쪽 눈에 붕대를 감은 채, 침대에 가만히 누워 있었다. 세리는 곁으로 다가가 그의 손을 잡고 참았던 눈물을 흘렸다. 말은 안 했지만 아버지 이상으로 생각한 사람이었다. 드세기만 한 줄 알았던 세리가 그의 말은 곧잘 따랐다. 정신이 든 박흥범이 손을 들어 세리의 머리를 매만지자 세리는 순한 양처럼 그 손에 머리를 맡겼다.

"너에게 큰 짐을 지게 했구나. 나를 일으켜 다오. 여기서 이렇게 시간을 지체할 수가 없어. 빨리 돌아가서 계획을 세워 보자."

지민이 박흥범을 부축했다. 그는 지민에게 메마른 입을 열었다.

"날 구하러 올 줄 몰랐구나. 고맙다."

"당연한 일을 한 것뿐이에요."

지민의 계획대로 한 시간 안에 박흥범을 구출했다. 육중한 장갑차가 주차장을 벗어났다.

지민이 핸드폰을 들고 재석에게 전화를 걸자 전화는 직통으로 재석과 연결됐다. 재석은 전화를 받자마자 지민이 말할 새도 없이 정보를 쏟아냈다.

"지민아, 네가 부탁한 대로 차도훈에게 알렸다가 난리 났다."

"그자가 최종혁 쪽이었어?"

"아니, 둘은 앙숙이야. 최종혁을 체포하려던 군사경찰 기획과장 차 대령이 그들 손에 죽었어. 차 대령은 차도훈의 친동생이야."

"일이 커지게 생겼구나."

"차도훈이 방송국을 통해 총리 납치 사건의 배후가 최종혁이며 체포할 거라고 공언했어. 최종혁은 이미 신뢰를 잃었어. 끝난 거지. 다른 부대의 지원 없이 그의 계획은 성공할 수 없을 거야."

"최종혁을 지지한 너의 아버지는 어떡해?"

"아버지가 누구냐? 벌써 갈아탔지. 차도훈에게 신형 장갑차 세 대나 지원했는걸. 차도훈은 벌써 최종혁을 치러 갔어."

지민은 재석의 전화를 끊고 세리에게 말했다.

"방향을 최종혁 관저로 돌려! 차도훈이 최종혁을 치러 갔대. 지금이 좋은 기회야."

하지만 장갑차는 진로를 변경하지 않았다. 세리는 박흥범의 명령을 기다렸지만 묵묵부답이었다. 박흥범이 깊이 고민하며 좀처럼 입을 열지 않자 지민은 답답해져 또다시 전화를 걸었다. 전화의 신호음이 길게 울릴 뿐 상대는 전화를 받지 않았다. 지민은 참을성 있게 기다렸다. 마침내 전화가 연결됐다.

"유 회장, 유감이요. 보고받았소. 날 감당할 수 있겠소?"

"지민입니다."

"……."

"제가 지금 찾아뵙겠습니다."

"기다리고 있었다. 가족끼리 밥 한번 먹으려고 했는데, 너무 격조했구나. 어머니께서는 진즉에 오셔서 기다리고 계신다. 어서 와라."

최종혁이 전화를 끊자, 박흥범이 지민을 나무라듯 바라봤다. 그의 입에서 무슨 말이 나올지 뻔했다. 그는 치밀한 전략가라서 계획을 세우지 않고는 한 발자국도 움직이지 않았다. 반면 지민은 차도훈을 방패 삼아 일을 서둘러 끝내려 했다. 하지만 장갑차가 엉뚱한 방향으로 달리고 있으니 지민은 속이 타들어 갔다. 끝내 관저로 방향을 잡지 않는다면 무작정 뛰어내릴 생각이었다.

그때 박흥범이 무겁게 입을 열었다.

"군사경찰 단장 차도훈은 안면이 있는 자다. 그도 감염 인간 가족이 있어. 하지만 최종혁과 별반 다름없는 야심가라서 대가를 원할 거야. 지금부터 난 그에게 무엇을 줄지 생각해 볼 테니 세리는 방향을 관저로 돌려라."

"카피 댓."

세리가 신나게 대답하며 장갑차 방향을 드리프트하듯 트는 바람에 모두 휘청하며 한쪽으로 몸이 쏠렸다.

9

지민이 탄 장갑차가 최종혁의 관저 앞에 도착하자, 마치 약속이나 한 듯 A 디펜스의 최신형 장갑차 네 대가 나란히 정차했다. 장갑차는 30밀리미터 기관포와 대전차 미사일을 앞세워 최종혁의 심장을 노리고 있었다. 보기만해도 그 위용에 압도되었다. 게다가 최종혁의 관저 주변은 무장한 군사경찰들로 포위됐다. 지민은 의아했다. 아무리 특임대가 다른 군부의 지원을 받지 못한다 하더라도 이렇게 허술하게 준비했을 리가 없기 때문이다.

구석에 있던 지프차에서 사람들이 내리고 장갑차 밖으로 나온 박흥범, 지민, 세리에게 다가섰다. 군사경찰 단장 차도훈과 한 소령이었다. 특임대 작전 과장 한 소령, 그자가 차도훈과 함께했다. 지민은 그제야 이해가 됐다.

최종혁 쪽에서 배신이 있던 것이다. 박홍범이 차도훈과 만났다.

"드디어 뵙는군요."

"차 단장, 오다가 비보를 전해 들었습니다. 심심한 위로를 드립니다."

"선배님도 고초가 크셨습니다."

그들은 서로 짧게 인사를 주고받고 바로 본론으로 들어갔다. 차도훈은 박홍범에게 경과를 설명했다. 그는 혹시 모를 사태를 대비해 최종혁과 뜻을 같이했던 기계화 사령부 사령관을 유인해 확보했다고 말했다. 기계화 사령부 도움 없이 승리를 장담할 수 없었던 최종혁의 입장이 난감해진 것이다.

"한 소령의 합류가 아니었으면 이번 쿠데타를 잠재울 수 없었을 겁니다. 특임대도 절반이나 합류했습니다."

차도훈의 말이 끝나자 한 소령이 박홍범에게 인사하며 서로 악수를 나누었다. 적에서 동지로 돌아서는 건 한순간이었다. 지민은 한 소령의 배신이 이 사태의 종지부를 찍을 수 있는 전환점이었음을 깨달았다. 이 사태의 원인은 어쩌면 마상필의 자업자득인지 모른다.

한 소령이 박홍범에게 말했다.

"제가 배신했습니다. 그들이 말하는 혁명엔 명분이 없었습니다. 그래서……."

"맞아요. 그들에겐 명분이 없습니다. 그러니 한 소령은 그들을 배신한 것이 아니라 정의를 지켜 낸 것입니다. 우리에겐 쿠데타를 막아 많은 인명을 구한다는 분명한 명분이 있습니다. 여러분은 앞으로 감염인간과 순수인간이 하나가 될 이 나라의 영웅이 될 겁니다. 그들은 오늘을 기억할 것입니다."

박흥범이 차도훈을 바라봤다.

"차 단장, 당신은 그 영웅 중 제일 선두에 섰습니다."

차도훈이 얼굴을 붉혔다. 지민은 박흥범의 지략에 감탄했다. 차도훈에게 내줄 만한 것으로 박흥범은 대의명분과 명예를 선택했다.

"선배님, 별말씀을. 아직 마무리가 안 됐습니다."

"총리의 아들 지민 군이 최종혁과 담판을 벌이러 들어갈 겁니다. 우리는 경과에 맞춰 철저히 대비합시다."

차도훈이 지민에게 악수를 청했다.

"어머님 잘 모시고 나올 수 있길 기원하겠네."

지민은 그와 손을 맞잡고, 한 소령과도 눈인사를 나누었다.

사태가 급반전되었지만 아직 끝난 것이 아니었다. 어쩌면 지금이 시작일 수도 있었다. 반드시 어머니와 유나를 데리고 나와야 했다. 그러기 위해 최종혁을 어떻게 설득할지가 관건이었다. 그는 아마도 지구상에서 제일 감염 인간을 증오할 것이다. 지민은 그 이유를 알 수 있을 만큼 유나와 유나 아버지에 대해 깊은 이야기를 나누지 못한 것이 못내 아쉽기만 했다.

만약 일이 잘 풀리지 않는다면, 오늘이 마지막 밤이 될 수도 있으니 마지막까지 함께했던 사람들을 눈에 담기로 했다. 지민의 시선에 박흥범은 말없이 고개를 끄덕였다. 그리고 세리를 보았다. 세리는 양손을 벌리고 어서 들어가라는 시늉을 했다. 지민이 정문 앞에 설 때까지 그 뒤에 그림자처럼 세리가 서 있었다.

지민은 뒤를 돌아보며 말했다.

"여기부터는 내가 할 일인 거 같아. 미리 인사할게. 고마웠어."

"인사 안 받을래. 이따 보자고."

"……그래."

지민은 얼결에 대답하고 돌아서서 두 손을 머리 위로 들고 정문을 향해 천천히 걸었다.

정문을 통해 지민이 관저 안으로 들어서자 특임대와 특전단이 포위했다. 특임대 절반이 군사경찰에 투항하는 바람에 부족한 병력을 특전단 대원들로 채운 모양이었다. 위장 크림을 얼굴에 바른 그들이 살벌한 눈으로 지민의 몸을 수색할 때 관저 안에서 누군가 손짓했다. 빛에 가려 누구인지 불분명했지만 짐작할 수 있었다. 그들은 포위를 풀었고 지민은 천천히 관저로 걸어갔다.

실외 조명을 모두 끈 정원을 보았다. 불과 며칠 전에 전운이 감도는 이곳에서 유나와 약혼식을 올렸다. 누구의 잘못으로 이런 일이 생긴 건지 생각하니 순간 서글퍼졌다. 지민 자신과 유나의 운명이 엇갈리는 중대한 사건이 일어난 것이다. 지민은 이젠 되돌릴 수 없다고 생각하며 마음을 단단히 먹기로 했다.

마상필이 지민의 앞을 막아섰다.

"어서 와라. 기다리고 계신다."

지민이 마상필에게 대꾸하지 않자 그가 지민을 보고 미소 지었다. 지민도 눈을 피하지 않고 그를 바라봤다. 그때 지민의 뒤로 커다란 현관문이 철커덕 잠겼다. 마치 이곳을 아무도 나가지 못하게 하려는 듯했다.

마상필은 지민을 곧장 주방과 연결된 식당으로 안내하

고 자리를 떠났다. 커다란 테이블에 최종혁과 유나, 그리고 정연주 박사가 앉아 있었다. 정 박사가 지민을 보고 미소 지었다. 지민은 엄마의 미소가 더욱 안쓰럽게 느껴졌다. 납치당한 후 얼굴도 많이 야윈 것 같았다. 지민이 최종혁에게 먼저 인사를 했다.

"기다리게 해서 죄송합니다. 조금 늦었습니다."

"괜찮아. 이렇게 와 줘서 고맙네."

"엄마, 괜찮으세요?"

괜찮을 리 없겠지만, 다른 말이 떠오르지 않았다.

"엄만 괜찮아. 유나가 엄마 잘 돌봐 줬어. 그런데 아들 얼굴이 많이……."

엄마는 미처 말을 끝내지 못했다.

"저는 괜찮아요."

지민이 유나를 바라보자, 유나는 애써 외면하려는 듯 눈길을 돌렸다.

"유나야."

"그래, 지민아. 우린 나중에 인사하고 밥부터 먹자. 부모님들 시장하시겠다. 여기 음식 내오세요."

상황에 맞지 않게 격식 차린 요리가 나오고 네 사람은 음식을 먹기 시작했다. 지민은 음식이 어디로 들어가는지도 몰랐다. 다른 사람들도 마찬가지였다. 차갑고 무겁고 어두운 자리였다.

식사가 끝나자 음식이 거의 다 남은 그릇들을 치우러 주방에서 사람들이 나왔다. 지민은 그릇 치우는 여자 네 명을 날카롭게 훑었다. 단정한 옷차림에 언뜻 자연스러워 보였지만, 일에 익숙한 것 같지 않았다. 그들이 귤, 딸기, 키위, 사과 등 형형색색의 조각 과일을 내왔다. 역시 분위기에 어울리지 않은 예쁜 후식이 개인 접시에 담겨 각자 앞에 놓였다.

마치 이때를 기다렸다는 듯 최종혁이 입을 열었다.

"자네 어머니와 서로 오해가 있었던 것 같다."

"오해를 한다고 사람을 납치하진 않습니다만."

"나에게도 우리 가족에게도 중요한 일이었어. 그 일을 해결하기 위해선 어쩔 수 없는 선택이었단 말이지. 자네는 아직 어려서 모르겠지만, 살다 보면 어쩔 수 없는 선택을 누구나 하는 법이거든."

"우리 가족에 누가 포함되나요?"

"당연히 여기서 함께 식사하는 사람들이지."

"믿을 수가 없네요. 가족이라고 생각하는 사람에게 총을 쏘지는 않잖아요. 저는 총격을 받고 여러 번 죽을 고비

를 넘겼습니다."

지민의 말에 엄마는 손을 떨며 두 눈을 질끈 감았다. 유나도 여전히 시선을 외면한 채 마른침을 삼켰다.

"그건 자네가 자초한 일이었네. 순순히 내 의견에 따라주었으면 그런 일은 벌어지지 않았을 거야."

"제 잘못이라고요? 백번 양보해서 제 잘못이라고 하죠. 그런데 궁금한 게 있어요. 제 어머니와 사령관님의 오해는 뭔가요? 그 오해라는 것이 감염인간의 말살인가요?"

"반은 맞았고 반은 틀렸네. 나는 감염인간을 말살할 생각이 없어."

"그것참, 이상하네요. 제가 보고 듣고 느꼈는데, 부정하시는 건가요?"

"그것들은 처음부터 생겨나지 말아야 할 미천한 존재였어. 그저 바이러스일 뿐이니 말살이라는 표현은 맞지 않아. 차라리 박멸이라는 단어가 어울린단 말이지."

"사령관님, 그들은 치료제를 투여받으면 치료되는 사람입니다. 왜 그렇게 그들을 증오하세요?"

"난 그들을 증오한 적이 없어. 단지 새로운 세상을 만들려는 것뿐이야. 우리의 미래를 생각해 보게. 바이러스 같은 존재가 모두 사라지고 나면, 우리는 세계에서 유례없는 신세계를 건설할 수가 있어. 그리고 스타 바이러스라는 핵무기보다 더 무서운 무기를 보유하고 있으니, 누구든 함부로 우릴 얕잡아 보지 못하게 될 거야. 너희들 앞에 그런 세상이 펼쳐질 거라고."

"그건 망상에 불과합니다. 멀쩡한 사람들을 죽이면서 무슨 신세계를 만든다고 하십니까? 사령관님은 역사의 죄인이 되는 겁니다."

"그건 자네가 나한테 할 소리는 아니네만. 역사의 죄인은 굳이 따지자면 여기 정연주 박사와 돌아가신 자네 친부가 아닌가?"

지민은 담담하게 최종혁을 쳐다보았지만, 손은 테이블 가장자리를 꽉 움켜쥐고 있었다. 지민은 마음속으로 휘말리지 말자고 다짐했다.

"난 단지 자네 부모가 벌인 일의 뒤치다꺼리를 하고 있는 거라네. 그럼, 오히려 자네가 날 몰아세울 게 아니라 감사를 해야지. 내 말을 잘 알아들었으면 이제 나와 함께하는 게 어떻겠나?"

하지만 지민은 테이블을 내리치며 자리에서 일어나 최종혁을 노려봤다. 최종혁은 위엄을 지키려 눈썹을 꿈틀거릴 뿐, 당황하지 않았다. 정연주 박사는 두 손을 모으고 가슴을 졸였다. 유나는 애써 이들을 외면했다. 마상필이 재빨리 다가왔지만 최종혁이 손으로 제지했다.

"됐네. 집안일이야."

지민이 최종혁에게 입을 열었다.

"저는 저의 부모님이 어떻게 돌아가셨는지 잘 알고 있습니다. 사령관님은 저의 원수이자 복수의 대상입니다. 그럼에도 제가 이 자리에 온 것은 엄마와 제 약혼녀 유나의 안전을 지키려고 온 것입니다. 저와 사령관님은 함께할 수 없습니다."

"함께할 수 없다, 그게 결론인가? 그럼 이곳에서 둘 중 한 명은 죽어야 하는데도 말이야?"

정 박사가 가슴을 부여잡았다. 참았던 유나의 눈물도 주르륵 뺨을 타고 흘러내렸다. 그때 최종혁 곁에 선 마상필이 지민을 보고 비웃었다. 순간 지민의 등골이 서늘해졌다.

'저 비웃음은 무엇을 말하는거지?'

마상필이 최종혁에게 귀엣말로 보고하는 소리가 지민의 귀에 들려왔다. 전혀 지민을 상관하지 않는 것 같았다. 지민이 들은 낱말은 이러했다. 항공 사령부, 무장 헬기 공격 준비.

지민의 머리에 번쩍 섬광이 스치는 듯했다. 날벼락이다. 그들은 강력한 역습을 준비 중이었다. 그들의 태도가 너무나 태연했던 이유가 있었다. 만약 그들의 말대로 무장 헬기가 등장한다면, 전세는 역전되어 우리는 패배를 받아들여야 할지도 모른다. 빨리 승부를 내야 했다. 그것이 불가능하다면 이 사실을 밖에 알려 대비해야 했다.

"사령관님, 엄마와 유나는 이곳에서 나가게 해 주시죠."

"내 생각엔 이곳이 더 안전한 것 같은데."

최종혁이 마음의 결정을 내린 듯 자리에서 일어나 돌아서자 마상필이 그를 호위했다.

최종혁이 마지막으로 말했다.

"지민 군, 자네 부모의 죽음에 대해선 유감이네. 하지만 그땐 어느 누구도 바이러스에서 자유로운 사람이 없었어. 난 유나를 살리기 위해 내 손으로…… 아내를 죽였다. 그때 결심했지. 바이러스에 걸린 아내를 죽였으니 바이러스에 걸린 사람들 모두 내 손으로 죽일 것이다, 난 아내를 죽인 게 아니라 바이러스를 죽인 거다. 그래야 내 아내가 원통해하지 않을 거니까!"

이제야 지민은 그가 왜 그토록 감염인간을 미워하는지 알게 되었다. 그의 고통을 조금이나마 알 수도 있을 것 같았다. 하지만 그것이 모두를 죽음으로 몰고 갈 이유가 되는 건 아니라고 생각했다.

"가자, 유나야."

"아빠, 전 아무한테도 가지 않아요."

최종혁이 멈칫했다. 그의 눈빛이 서늘했다.

"유나야, 난 아직도 그때의 선택을 후회하지 않아. 그래서 네가 이렇게 살아 있는 거니까."

그는 이내 자리를 떠났다. 유나는 목이 메어 차마 멀어지는 아빠를 부르지 못했다. 정연주 박사가 유나를 따뜻하게 안아 위로했다. 마음을 추스른 유나가 정 박사의 손을 잡아 이끌었다.

"어머니는 저와 함께 있어야 해요. 그래야 안전해요."

유나의 말대로 엄마는 유나와 함께 있는 것이 더 안전할 것이다. 엄마와 유나가 안전할 수 있다면, 지민은 이곳에서 죽음까지 불사할 것이다.

"엄마가 무사해서 정말 다행이에요."

"지민아, 난 어떻게 되든 상관없어. 그러니 네가 모든 걸 짊어질 필요 없어. 함께 가자, 지민아."

"전 여기에서 일을 끝마쳐야 해요, 엄마."

'엄마'라는 끝말에 지민은 목이 메었다. 정 박사에게 처음으로 엄마라고 부르고 싶었던 때가 떠올랐다. 보육원으로 떠나는 날, 목걸이를 걸어 주며 다시 데리러 오겠다고 약속했을 때 엄마라고 부르고 싶었지만 그럴 수 없었다. 하지만 지금 이렇게 엄마라고 부를 수 있으니 얼마나 행복한가. 이제 되었다. 정 박사는 울먹이며 그를 놓아주지 않았다.

더 이상 지체할 수 없어 지민은 엄마와 약속했다.

"엄마, 약속할게요. 무사히 돌아오겠습니다."

유나가 천천히 고개를 돌려 지민을 바라봤다. 유나는 울고 있었다. 지민은 담담하게 유나를 바라봤다. 더 이상 어떤 말도 할 수 없었다.

10

지민은 식당에 혼자 덩그러니 남았다. 최종혁이 마상 필과 함께 서재로 들어가고, 유나는 엄마를 부축하며 2층 자신의 방으로 갔다. 주방에서 대기 중인 여자 넷이 지민 앞에 서서히 모습을 드러냈다. 모두 검은 원피스에 하얀 앞치마를 둘렀으며, 손에는 잘 벼린 대검을 들고 있었다. 예상대로 그들은 특전단 대원이었다.

지민은 깊게 심호흡하고 자리에서 일어섰다.

"내가 음식을 남겨서 화가 많이 나셨나 보네."

지민은 이용할 만한 도구를 찾으려 했으나 마땅한 것 이 없었다. 스테이크를 썰던 나이프라도 감춰 둘 걸 그랬 나, 하는 후회가 조금 밀려들었다. 우선 급한 대로 테이블 보를 벗겨 왼 손목에서 팔목까지 둘러 감았다. 한 명이 먼저 지민의 얼굴로 대검을 내질렀지만 성급했다. 지민은 적을 왼팔로 막고 동시에 턱을 가격했다. 턱이 부서진 적이 바닥에 쓰러지는 찰나에 지민의 옆구리로 또 다른 칼이 들어왔다. 반사적으로 살짝 몸을 돌리며 피하자, 칼은 지민의 허리를 스치고 지나가 군복에 피가 배어 나왔다. 하마터면 허리에 대검이 박힐 뻔했다.

그들은 일대일로 공격하지 않았다. 무조건 상대를 없애려는 듯 동시에 공격했다. 턱에 일격을 맞고 쓰러진 적은 다행히 일어나지 못했다. 나머지 세 명은 테이블을 가운데 두고 빙빙 돌기 시작했다. 지민은 좁은 공간이 자신에게 유리하다는 생각에 주방을 등진 적에게 날아가 발을 뻗었다. 큰 동작이었기에 당연히 적은 옆으로 피했고, 바닥에 착지한 지민은 주방으로 빠르게 내달렸다. 한 발, 두 발, 세 발을 딛고 지민이 옆으로 몸을 튼 순간, 대검이 날아와 부엌 조리대에 박혔다. 대검을 든 적에게 등을 보인다는 것은 자살을 의미했다. 주방으로 통하는 문 앞에 그들이 섰다. 지민은 벽에 걸린 작은 프라이팬 하나를 집어 들었다. 대검에 견줄 수는 없지만 좋은 무기였다.

"이제 선배가 하는 거 잘 보고 배워."

조리대가 한가운데에 있는 부엌에서는 공격이 원활하

지 않아 적의 공격을 기다렸다. 그때 적이 지민에게 대검을 휘두르며 심장을 향해 깊게 찔렀다. 지민은 프라이팬으로 공격을 막고 깊게 공격해 오는 적의 손등을 내리쳤다. 적이 비명을 지르며 무릎을 꿇자, 뒤에 있던 또다른 적이 동료의 등을 밟고 날아 차기를 했다. 지민은 반사적으로 날아들어 오는 적의 다리를 잡아 진열장으로 집어 던졌다. 적이 떨어지면서 진열되었던 고급스러운 접시들이 산산조각이 났다.

손목이 부러져 고통스러워하는 적에게 다가서던 지민의 뒤에서 바스락거리는 소리가 들렸다. 진열장에 쓰러졌던 적이 어느새 일어나고 있었다. 지민이 적에게 프라이팬으로 마지막 공격을 가하자 조각 난 접시 위로 적이 길게 뻗어 버렸다. 이번에는 맨 뒤에 있던 적이 앞으로 나오더니 현란한 손놀림으로 대검을 돌리기 시작했다. 지민의 눈이 빙빙 돌 정도였다. 잔기술이 많은 적은 변칙에 능하니까 선제공격으로 빨리 승부를 봐야 했다. 지민은 적의 눈을 향해 프라이팬을 던졌다. 프라이팬을 쳐 낸 적은 어느새 다가선 지민의 손날에 목을 맞아 맥없이 조리대 위로 쓰러졌다.

마지막 남은 적이 한 손으로 대검을 들고 끝까지 저항

했다. 지민이 냉정하게 적을 걷어차자, 적은 코와 입에서 피를 쏟아 내며 쓰러졌다. 지민이 발소리를 내며 다가서자 적은 공포에 질린 눈으로 지민을 응시했다.

지민은 조용히 말했다.

"살고 싶으면 그냥 두 눈 감고 누워 있어."

두 눈을 질끈 감아 버린 적을 뒤로하고 지민은 거실로 나왔다. 관저 밖으로 나가 위험을 알려야 했다. 자세를 낮춰 복도를 통해 거실로 들어서는 순간, 믿을 수 없는 광경이 펼쳐졌다. 이미 유리창은 자동 차단막으로 닫힌 상태였다. 밖에서는 이 사실을 아는지 모르는지 너무나 조용했다. 지민은 복도를 통해 현관으로 뛰었지만 현관도 이미 강철 차단막으로 막혀 있었다. 최종혁의 관저는 완전한 요새가 된 것이다.

지민이 섬뜩한 느낌에 몸을 돌리는 순간, 목에 불에 댄 듯한 통증이 일었다. 총에 맞은 것이다. 반응이 조금만 더 느렸어도 위험할 뻔했다. 지민은 천천히 목을 잡고 바닥에 쓰러지며 손에 든 대검 칼날에 비친 검은 복장의 특전단 대원을 봤다. 복도에서 다가오는 그의 손에 소음기를 단 권총이 들려 있었다. 기회를 엿보던 지민은 적이 가까이 오자 누운 자세에서 대검을 던짐과 동시에 자리를 박차고 일어났다. 대검은 정확히 적의 목에 꽂혀 적은 목을 붙잡고 서서히 쓰러졌다. 지민은 쓰러지는 적을 붙잡아 권총을 빼앗고는 적을 안아 든 채 거실의 동태를 살폈다. 그리고 미처 발견 못 한 적을 찾기 위해 조심히 거실로 들어갔다. 드넓은 거실에 숨을 공간은 소파 뒤와 커튼뿐이었다. 그것도 아니면 다른 비밀 공간이 있을지도 몰랐다.

지민이 소파에 점점 다가서자 미세한 움직임이 보였다. 가까이 다가갈수록 암막 커튼이 조금씩 움직이더니 지민이 공격하기 전에 적이 먼저 총을 쏘았다. 커튼이 펄럭일 뿐이었다. 소음기를 단 총에서 발사된 총탄은 지민에게 안긴 적의 등에 박혔다. 이어 지민이 총을 쏘았다. 지민은 적의 다리에 집중 사격을 했다. 그곳에 방탄조끼를 입을 수는 없을 테니까. 신음과 함께 암막 커튼 밑으로 특전단 대원이 중심을 잃고 쓰러졌다.

이제 남은 공간은 1층 서재와 2층 침실뿐이었다. 그때 2층에서 누군가 굴러 떨어졌다. 특전단 대원이 목에 자상을 입고 죽어 있었다. 조심스럽게 내려오는 발소리가 지민의 귀에 들렸다. 지민은 2층에서 서서히 내려오는 자에게 총을 겨누다가 놀라움에 눈이 커졌다. 세리였다.

"너, 어떻게 왔어?"

"이따 보자고 했잖아."

"아, 그러긴 했는데…… 빨리 다시 나가. 항공 사령부가 최종혁 편에 붙었어. 밖에 이 사실을 알려야 해."

"힘들게 들어왔더니 다시 나가라니. 내가 들어올 때 차단막이 닫히고 있었어. 지금은 다 막혀서 안 돼."

"큰일인데."

"2층에 숨어 있던 두 명은 내가 다 처리했어. 남은 건 1층 여기뿐이고. 뭐가 문제야, 빨리 여길 접수하면 되잖아."

"가만, 너 2층에 유나하고 엄마 못 봤어?"

"최유나하고 정연주 박사? 못 봤는데."

"세리야, 이 집은 비밀 공간이 많은 곳이야. 조심해야 해."

지민이 서재를 향해 걸어가면 뒤는 세리가 지켰다. 아군이 있어 든든했다. 지민이 자세를 낮춰 서재의 커다란 문을 조금씩 열고 손가락으로 왼쪽을 가리켰다. 세리가 왼쪽으로 들어가자, 지민은 오른쪽을 경계했다. 예상대로 서재는 텅텅 비어 있었다.

서재를 수색하던 세리가 최종혁 책상 위에 있는 버튼을 보았다. 버튼을 하나씩 누르자 벽면을 가득 채운 책장이 가운데로 갈라지고 입구가 생기기 시작했다. 영화 속에서나 봄 직한 장면에 놀라 그들은 서로를 바라봤다. 입구에는 지하로 향하는 계단이 나왔다.

지하에 도착하여 방화문을 열자 커다란 무대같이 넓은 대리석 바닥으로 된 공간이 드러났다. 그곳에 마상필이 머리에 헬멧을 쓴 커다란 낸즈와 함께 있었다. 마상필은 박수를 치며 자리에서 일어났다.

"이곳까지 오다니, 역시 몬스터구나. 그런데 182번은 언제 들어온 거야?"

세리가 마상필에게 비아냥댔다.

"천하에 마상필도 늙었나 보네. 친구까지 데려온 걸 보면."

"그럼 오랜만에 만났는데 몸 좀 풀어볼까? 대검으로 가는 게 어때, 좋지?"

마상필이 먼저 총을 꺼내 바닥에 내려놨다. 지민과 세리가 서로 쳐다보며 망설임 없이 고개를 끄덕이고는 그들도 권총을 꺼내 바닥에 내려놨다. 마상필은 시간을 끌 요량이었다. 지민은 그의 계략에 말려들지 않고 빠르게 승부를 내기로 마음먹었다. 이제 복수의 시간이 온 것이다.

"내가 마상필을 상대할게. 할 얘기가 많거든."

"세리야, 대신 죽이지는 말아 줘. 목숨은 내가 가져갈게."

세리가 대검을 들고 마상필에게 다가섰다. 마상필이 세리와 거리를 두고 심리전을 펼쳤다.

"네 다리를 치료해 주지 못해서 마음이 많이 아팠는데, 이렇게 잘 성장해 줘서 고맙구나."

"입만 열면 헛소리네. 내 침대에 폐기 대상이라는 딱지를 네가 붙인 걸로 아는데."

세리가 감정에 흔들리는 것 같아 지민은 걱정스러웠다. 자연스럽게 지민이 낸즈와 상대하게 됐다. 상대가 쓰고 있는 헬멧은 특전단 훈련소에서 보았던 낸즈의 헬멧과 비슷했다. 놈의 손아귀에 잡히지 않고 빨리 처리한 뒤 세리를 도와야 했다.

그런데 낸즈의 동작이 의외로 날렵하고 강력했다. 대검으로 놈의 관절을 공략해도 별반 소득이 없었다. 지민은 뛰어난 순발력으로 놈의 무지막지한 공격을 피했지만 세리는 사정이 달랐다. 마상필에게 밀리기 시작했다. 세리의 무시무시한 발차기를 마상필은 침착하게 막아 내고는 오른손으로 한 방을 노렸다. 그에게 원한이 있는 건 알겠지만 목숨을 건 승부에서는 생존율을 높이기 위해 냉정해야 한다. 이런 상태면 세리가 다칠 수 있었다. 지민은 세리가 신경 쓰여 바로 앞에 있는 승부에 집중하지 못했다.

기회가 보여 지민은 느닷없이 마상필에게 대검을 휘두르며 치고 들어갔다. 깜짝 놀란 마상필이 오른손으로 대검을 쳐 내자 장갑이 대검에 찢어지며 그의 티타늄 손이 드러났다. 지민의 영리한 전략이었다. 세리도 주무기인 강력한 발차기를 괴물에게 날렸다. 낸즈의 목이 꺾였다가 기괴하게 되돌아왔다. 그때였다.

지민과 세리의 합동 공격으로 수세에 몰린 마상필이 바닥에 있는 권총을 집어 들었다. 지민도 재빨리 총을 찾았지만 거리가 멀었다. 마상필이 노린 것을 깨달은 지민은 자신의 순진함을 자책했다. 인정사정없이 공격하고 끝을 봐야 했는데, 이미 늦었다. 세리가 몸을 날려 마상필에게 발차기를 하려다 그의 총에 옆구리를 맞고 쓰러졌다.

"안 돼!"

지민은 온몸에 피가 빠져나간 듯 머릿속이 하얘졌다. 마상필의 총구가 지민에게로 향하는 순간, 지민은 머리에 해머로 맞은 것 같은 큰 충격을 받고 쓰러졌다. 덕분에 마상필이 쏜 총알이 비켜 나갔지만, 지민은 낸즈에게 맞은 충격으로 정신을 못 차릴 지경이었다.

쓰러진 지민 위로 낸즈가 올라탔다. 그 모습을 지켜본

마상필은 썩은 미소를 지으며 조준하던 총을 거두었다. 그리고 발아래 있는 세리를 바라봤다. 세리는 끝까지 저항하려고 권총을 집으려 했지만 마상필은 무지막지하게 세리의 얼굴을 발로 걷어찼다. 세리가 허공에 피를 흩뿌리며 뒤로 너부러졌다.

낸즈에게 깔린 지민의 코와 입에서 피가 흘러나왔고 얼굴은 타박상으로 심하게 부어올랐다. 낸즈가 지민의 머리를 부숴 버릴 작정으로 주먹을 높이 쳐들고 내리치면 지민은 몸을 비틀어 공격을 간신히 피했다. 놈이 주먹으로 바닥을 내리찍는 소리가 지민의 귀에도 울렸다. 도저히 힘으로 낸즈를 쓰러뜨릴 수 없을 것 같아 지민은 의지가 완전히 꺾여 버렸다.

괴물이 또다시 주먹을 높이 쳐들었다. 저 주먹 한 방이면 모든 게 끝날 것이다. 무게가 실린 주먹이 지민의 눈앞으로 다가올 때 지민은 반사적으로 놈의 주먹을 피하며 상체를 일으켰다. 그리고 있는 힘을 다해 손을 뻗어 낸즈에게 씌워진 헬멧을 잡아 던졌다. 헬멧이 벗겨진 낸즈가 지민을 내려다보았다. 깊이를 알 수 없는 낸즈의 눈이 마치 저승사자의 눈 같았다. 낸즈는 면역항체를 가지고 있는 지민을 더 이상 공격하지 않았다.

마상필이 낸즈와 눈을 마주쳤다. 낸즈는 단숨에 마상필에게 달려들었다. 당황한 마상필은 낸즈에게 다급하게 총을 발사했지만 낸즈는 가슴에 총탄을 받아 내며 마상필에게 거구의 몸을 날렸다. 마상필은 낸즈에게 속절없이 깔린 채 티타늄 주먹으로 마지막 일격을 가했다. 낸즈의 목이 꺾여 돌아가자 마상필이 소리 내어 웃었다.

"별것도 아닌 게."

하지만 목이 천천히 되돌아오면서 낸즈가 입을 크게 벌렸다. 마상필은 살아생전 가장 큰 비명을 질렀다. 지민은 쓰러진 세리에게 다가가 부상 부위를 살폈다. 옆구리 총상으로 피가 흘러내려 손으로 압박을 가해 지혈하는데 의식이 희미한 세리가 지민을 알아보지 못하고 거칠게 밀쳐 냈다.

지민이 세리를 꼭 끌어안았다.

"괜찮아, 세리야. 이제 괜찮아."

지민은 세리의 거친 저항에도 진정될 때까지 세리를 계속 끌어안았다. 지민은 끝내 의식을 잃은 세리를 반듯하게 눕히고, 바닥에 떨어진 총을 집어 들었다. 낸즈에게 목을 물어뜯긴 마상필은 이미 죽은 상태였다. 허무했다. 지민이 마상필 위에서 숨을 헐떡이는 낸즈 관자놀이에 총

을 겨누자 낸즈는 움푹 파인 눈으로 지민을 멍하니 바라
봤다. 지민이 방아쇠를 당기자, 낸즈가 힘없이 옆으로 쓰
러졌다.

지민이 마지막 문을 열어 보니 문 안으로 통신 장비를
갖춘 밀실이 드러났다. 그곳에 최종혁이 두 손에 깍지를
낀 채 앉아 있었다. 지민은 최종혁에게 총구를 겨누었다.

"이제 만족하십니까?"

총구가 조금씩 떨리기 시작했다. 지민은 흥분을 참고
있었다. 지민의 귀에서 심한 이명이 들리며 참을 수 없는
두통이 찾아왔다.

"얼마나 많은 사람이 죽어야 멈출 건가요?"

최종혁은 아무런 말도 하지 않았다. 아직도 그는 현실
을 받아들이지 못하는 건지 고집스럽게 입을 앙다물고 있
었다. 지민은 최종혁의 뻔뻔함에 치가 떨리고 방아쇠를
잡고 있는 손가락에 힘이 들어갔다. 더 이상 두통을 버틸
재간이 없을 지경이었다. 지민이 고개를 돌려 통신 장비
앞에 벌벌 떨고 있는 통신병에게 말했다.

"항공 사령부에 무전을 보내. 작전 취소. 모든 상황은
종료됐다."

통신병이 최종혁의 눈치를 살피기에 지민은 허공에 총

을 발사했다. 그러자 통신병은 재빨리 무전을 보냈다. 모든 것이 수포로 돌아간 최종혁은 어금니를 꽉 깨물며 고개를 쳐들었다. 그가 무슨 변명이라도 하려는지 입을 달싹였다.

그 순간, 갑자기 최종혁이 공포에 질린 눈으로 자리에서 일어나 뒤로 물러섰다. 지민이 뒤를 돌아봤을 땐 이미 늦은 뒤였다. 낸즈가 되어 얼굴에 푸른 핏줄이 돋고 눈자위가 하얗게 변한 마상필이 입을 벌리며 최종혁에게 몸을 날렸다. 지민은 재빨리 마상필 머리에 총을 발사했다. 한발, 두 발, 세 발. 마상필은 시뻘게진 입을 벌리며 저항하다가 죽음을 맞이했다.

벽에 달라붙어 공포에 떨던 통신병이 밀실 밖으로 줄행랑을 쳤다. 마상필에게서 떨어져서 두 손으로 목을 움켜잡은 최종혁 손가락 사이로 시뻘건 피가 뿜어져 나왔다. 마상필에게 목을 물어뜯긴 것이다.

최종혁이 무릎을 꿇고 오열했다.

"날 죽여, 어서!"

지민은 최종혁에게 겨눴던 총구를 내렸다. 이때, 뒤에서 유나가 밀실로 뛰어들어 왔다.

"아빠!"

"유나야, 안 돼. 가까이 오지 마. 어서 여길 나가, 어서!"

지민은 피투성이가 된 최종혁을 보고 충격으로 몸을 휘청거리는 유나를 잡아 주었다. 최종혁은 밀실 어두운 구석으로 물러났다. 유나는 문 옆에 기대어 냉정함을 유지하려 애썼다.

유나가 떨리는 목소리로 지민에게 말했다.

"지민아, 어머니는 안전하게 밖에 모셔 드렸어. 그리고 상황은 모두 종료됐어."

지민은 아직도 손에 들고 있던 권총을 확인하고 숄더 홀스터에 집어넣었다. 유나가 낸즈에게 얻어맞아 퉁퉁 부은 지민의 얼굴을 조심스레 어루만졌다. 그리고 감정을 추스른 뒤, 바닥에 쓰러진 세리를 보며 말했다.

"세리한텐 내가 괴물이었을 거야. 내가 저 애를 한 번 죽였거든."

갑자기 무슨 말을 하는 건지 몰라 지민이 유나를 바라봤다.

"세리와 어릴 적에 친구였어. 언젠가 세리가 자기 엄마가 감염인간이라고 나에게 고백했지. 난 질투심을 느꼈어. 우리 엄마는 아빠 손에 죽었는데……. 그래서 내가 그 아이한테 속삭였지. 더러운 감염인간은 다 죽어야 한다고. 내가 끔찍한 일을 저질렀던 거야.”

지민이 다가서자, 유나가 다가오지 말라고 손을 뻗어 막았다.

“난 저 애가 내게 복수하려고 다시 나타난 줄 알고 경계했어. 지민아, 세리에게 미안하다고 꼭 전해 줘.”

유나의 말이 끝나자마자 군사경찰과 의무병이 지하 벙커로 들어왔다. 지민이 의무병에게 응급처치를 받는 세리에게 다가가려는데, 등 뒤로 유나가 말했다.

“지민아, 고마워.”

유나가 밀실 안에서 지민을 보고 웃고 있었다. 군사경찰이 밀실을 수색하려 하자 유나가 그 문을 닫아 버렸다. 지민이 재빨리 밀실 문으로 달려갔지만, 문은 열리지 않았다.

“유나야!”

“미안해. 아빠는 내가 지켜 줘야 해.”

유나의 마지막 말이었다.

11

폭발음이 들리며 순수인간 지역을 에워싸고 있는 거대한 장벽이 허물어지기 시작했다. 장벽이 세워진 지 3년 만에 감염인간과 순수인간의 경계가 무너지고 감염인간을 감시하던 눈이 사라졌다. 지민은 흙먼지가 바람을 타고 얼굴로 날아들어도 아랑곳하지 않고 장벽 해체 작업을 지켜보면서 이제 두 번 다시 사람들 사이를 경계 짓는 일은 없어야 한다고 생각했다.

그사이 재석에게서 연락이 왔다. 터널 속에서 웅크리며 짐승 같은 삶을 살던, 낸즈화가 진행되었던 감염인간 모두 자신이 새롭게 운영하는 의료 시설에 옮겼다는 소식을 전했다. 지민은 마음 한구석을 차지하던 짐을 훌훌 털어 버린 기분이 들었다.

순수인간 지역 고층 빌딩 외벽에 설치된 대형 스크린에는 연일 뉴스가 도배됐다. 총리 납치 조작 사건, 계엄군 반란과 진압 소식, 계엄 사령관의 체포, 그의 음모를 낱낱이 밝힌 군사경찰 단장 차도훈 뉴스가 온 세상에 전파되었다. 차도훈은 떠오르는 스타가 되어 감염인간과 순수인간 모두의 지지를 받았다. 아울러 총리 대행 정연주 박사는 비상계엄을 즉각 해제하고, 감염인간에 관한 차별 법률안을 모두 철폐한다고 발표했다.

"뭘 그렇게 보냐?"

지민이 대형 스크린에서 시선을 거둬들이고 뒤를 돌아보니, 하늘거리는 원피스를 입은 세리가 서 있었다. 그 모습에 놀란 지민은 세리가 팔짱을 끼고 웃자 시선을 재빨리 돌렸다. 혼란스러운 세상을 만나지 않았다면 진작 이런 모습을 하고 다녔을지 모르겠단 생각을 하며 지민은 목소리를 가다듬고 퉁명스럽게 말했다.

"진짜 세상이 변하긴 변했구나. 너한테 이런 모습을 다 보고."

"이런 모습이 어떤 모습인데?"

지민은 세리의 물음에 답하지 못하고 우물쭈물 머뭇거렸다.

"겁먹기는. 너 나한테 반했지? 억지로 표정 감출 필요 없어."

"무슨, 그런……."

"오늘 누나하고 데이트나 하자."

세리는 지민의 목을 거칠게 휘감아 끌고 갔다. 지민은 세리에게 끌려가면서도 싫지 않았다. 세리에게서 꽃향기가 풍겼다. 낯설지만 좋았다. 정말 오랜만에 긴장감에서 해방되어 따뜻한 물에 온몸을 푹 담그고 있는 기분이 들었다.

세리가 영감의 유골이 뿌려진 호숫가 앞에 섰다. 지민이 세리의 곁을 지켜 주었다.

"영감, 나 왔어."

호수는 서서히 지는 노을에 붉게 물들어 가기 시작했다. 지민은 눈앞에 펼쳐진 모습이 아름답다고 생각했다. 그렇게 대단한 풍경은 아니어도 그렇게 느껴졌다. 느닷없이 안경을 낀 영감의 둥그런 얼굴이 노을과 겹쳐 보여 마음이 따스해졌다. 지민은 세리를 슬쩍 곁눈질했다. 오늘 따라 세리답지 않은 모습이 낯설었다.

"유나는 좀 어때?"

세리가 자못 진지한 표정으로 물었다. 유나에 대한 물

음에 지민은 기분이 착 가라앉았다.

"좋지 않아. 그런데 유나가 네 얘기를 했었어."

"걔가? 언제?"

"지하실에서 네가 정신을 잃었을 때, 미안하다는 말을 꼭 전해 달라고 했어."

"병 주고 약 주고 있네. 그 말이 진심이라면 꼭 완쾌해서 나한테 직접 말하라고 전해 줘."

세리도 유나를 걱정하고 있었다. 그리고 뜸을 들이더니 결국 어렵게 다시 입을 열었다.

"결정은 내린 거야? 네가 마음을 돌려먹는다고 해도 뭐라고 할 사람은 아무도 없어."

예상했던 질문이었다. 지민이 말없이 세리를 바라봤다.

* * *

유리벽으로 된 병실에 감염인간 환자들이 침대에 묶여 누워 있었다. 그들은 바이러스에 감염되어 있던 터라 결박하는 수밖에 달리 방법이 없었다. 낸즈가 되어 푸른색 핏줄이 피부에 돌출되고 동공이 좁아진 상태였다. 이들은 치료제가 말을 듣지 않는 환자들이었다. 지민은 병실에 있는 환자들을 바라보며 천천히 걸어갔다.

갑자기 앞 병실에서 비상벨이 울리기 시작했다. 방호복을 입은 의사와 간호사들이 지민을 지나쳐 병실 안으로 들어갔다. 지민은 병실 앞에서 발걸음을 멈췄다. 병실을 들여다보던 지민이 떨리는 손으로 유리벽을 짚었다. 유나가 병실 침대에 누워 몸부림치고 있었다. 그늘진 얼굴에 몸은 비쩍 말라 있었다. 유나가 이렇게 끔찍하게 변하리라고는 상상도 못 했다. 지민은 가슴이 아팠다. 간호사가 유나에게 진정제를 투여했지만 소용없었고 의사도 고개를 저었다. 온몸이 묶여 있는 유나는 몸을 들썩이며 발작하기 시작했다.

"감염인간의 10퍼센트는 치료제 효과가 없어. 안타깝게도 유나가 그 10퍼센트에 속하는구나."

지민의 옆에서 정연주 박사가 한숨을 쉬며 말했다. 지민은 미동도 없이 유나의 처절한 몸부림을 보며 화를 삼켰다.

"왜 그런 선택을 했을까요?"

지민은 공허한 마음에 엄마에게 물었다. 지금도 지민은 바이러스에 감염된 최종혁과 함께 밀실에 남은 유나를 이해하기 어려웠다. 당사자가 아니고서야 누구도 대답할 수 없었다.

"치료될 수 있을까요?"

"엄마를 한번 믿어 보렴. 새로운 치료제가 거의 완성돼 가고 있어."

"유나 아버지는 어때요?"

* * *

최종혁이 1인실에서 몸부림쳤다.

"내 몸에 함부로 손대지 마!"

치료제를 투여받은 최종혁은 감염인간이 되었다. 그는 자신을 죽여 달라고 애원했다. 유나를 감염시켰다는 죄책감 때문에 더 힘들었을 것이다. 지민은 병실 밖 유리문에서 최종혁의 발악을 두 눈으로 지켜봤다. 의료진이 진정제를 투여하고는 최종혁의 심한 저항에 혀를 내두르며 병실을 빠져나갔다. 지민은 병실 안으로 군사경찰 두 명과 함께 들어섰다. 군사경찰들이 자리를 비우자 지민은 최종혁 곁으로 다가갔다. 최종혁은 지민을 피하듯 등을 돌리고 누웠다. 그리고 조용히 물었다.

"뭐 때문에 온 거냐. 감염인간이 된 날 비웃으려고?"

지민은 그 물음에 대답하지 않았다. 대답할 가치도 없을뿐더러 화가 치밀어 말을 섞고 싶지도 않았다.

"유나가 많이 아파요."

병실에 갑자기 침묵이 찾아왔다. 최종혁도 지민도 말문을 닫아 버렸다. 한동안 시간이 흘러가다가 최종혁의 어깨가 조금씩 들썩이기 시작했다. 그가 소리 죽여 울고 있었다.

"왜 치료제를 놔 주지 않은 거야. 벌을 주려면 나에게 줘야지."

"치료제가 말을 듣지 않아요. 모든 환자가 효과 보는 건 아니에요."

또다시 그들은 침묵하고 최종혁의 긴 한숨이 병실을 가득 채웠다. 지민이 병실 밖으로 신호를 보내자 군사경찰이 병실 문을 열어 주었다. 지민이 병실을 나가려는데 최종혁이 자리에서 일어나 앉았다.

"제발 유나를 살려 줘."

"사령관님, 앞으로 치료 제대로 받으세요. 그리고 죗값을 치르세요. 유나는 제가 어떻게든 살려 낼 거니까요."

지민은 최종혁을 뒤로하고 병실에서 나갔다. 그 뒤로 병실 문이 굳게 닫혔다.

많은 사람이 어둠이 내린 거리를 걸었다. 가방을 멘 지민도 오가는 사람 속에 섞여 거리를 걷다가 횡단보도 앞에서 신호를 기다리며 주위를 둘러보았다. 비상계엄을 해제하고 감염인간에 관한 특별법을 모두 철폐하자 언제 순수인간이 감염인간을 차별하고 경계했냐는 듯이 사람들은 자연스럽게 생활하기 시작했다. 보이지 않는 곳에서 여전히 감염인간과 순수인간으로 나누어 편 가르기를 하고 차별할지도 모르지만, 이들은 앞으로 한 가지의 목표로 함께 살아가려고 할 것이다. 그러려면 완전한 치료제가 반드시 필요하다. 치료제가 '순수인간'과 '감염인간'이라는 차별을 자연스럽게 역사 속으로 사라지게 할 테니까. 도로 주변에서는 군사경찰을 대신해서 치안경찰이 시민의 안전을 위해 오가는 차량을 통제하고 있었다.

지민은 유리 외벽으로 둘러싸인 질병관리청을 올려다봤다. 모든 연구실이 불을 밝히고 있었다.

"저녁은 드셨어요?"

정연주 박사가 현미경에서 눈을 떼고 돌아보았다. 언제 연구실에 들어왔는지 지민이 엄마를 보고 있었다. 푸석하고 생기 없던 정 박사의 얼굴에 화색이 돌기 시작했다. 지민은 어느새 반백이 된 엄마의 머리를 보자 속이 아려왔다.

"아들 왔어?"

"이러다 엄마가 먼저 쓰러질까 걱정이에요."

지민이 가방에서 주섬주섬 도시락을 꺼내 테이블 위에 펼쳤다. 김밥인지 주먹밥인지 구별할 수 없는 밥 뭉치가 도시락 안에 꼭꼭 쌓여 있었다. 아들이 처음 싸 준 도시락에 정 박사는 멍하게 지민을 바라보며 감격했다. 목이 메어 오지만 애써 함박웃음을 보이며 지민에게 다가가 등을 토닥였다.

"지민아, 근데 이게 뭐니?"

"김밥이라고 하는 건데 드셔 보세요."

"이게 내가 아는 그 김밥이야? 먹어도 되는 거니?"

"엄마, 진짜 너무하시네. 내가 이걸 만들려고 얼마나 생고생을 했는데."

정 박사가 익살스러운 표정을 지었다.

"아들. 농담이야, 농담. 잘 먹을게. 우리 같이 먹자."

"청장님!"

모자의 오붓한 시간에 연구원의 다급한 소리가 끼어들었다. 정 박사가 놀란 눈으로 뒤를 돌아봤다.

그리고 바로 지민과 함께 실험실에 들어섰다. 정 박사는 들어서자마자 연구원이 가리킨 모니터를 바라보았다.

모니터 영상에서 새로 개발된 항체가 스타 바이러스를 감싸고 있었다. 바이러스는 꼼짝하지 못하고 묶여 있는 듯 보였다. 정 박사의 눈이 조금씩 커졌다. 바이러스가 서서히 사라지는 걸 지켜보며 정 박사는 지민이 내민 손을 꼭 잡았다.

"청장님, 가장 강력한 항체가 개발됐습니다. 이미 기존 치료제의 효과를 넘어섰어요."

"임상 실험을 시작하세요."

정 박사가 힘주어 말하자 연구원이 상태가 좋지 않은 어린 감염인간에게 새로운 치료제를 투여했다. 침대에 묶인 감염인간은 고통스러워했다.

정 박사는 감염인간을 달래듯 말했다.

"조금만 참아. 곧 나아질 거야."

지민은 입 안이 마르기 시작했다. 정 박사도 초조하게 아이를 바라보았다. 아이의 치료 반응은 예상대로 바로 나오지 않았다. 지민은 이런 기다림에 익숙하지 않아 자리에서 왔다 갔다 했다. 하지만 연구원들의 시선은 한 치의 흐트러짐 없이 환자에게 집중되었다. 어린 감염인간의 상태가 조금씩 나아지는 듯 서서히 평온한 표정을 지었다. 주위에 있던 연구원들이 수군대며 기뻐하기 시작했다. 감염인간은 편안하게 잠에 빠져들었다. 정 박사는 흥분한 모습을 애써 누르며 미소 지었고 지민은 정 박사를 보고 주먹을 꼭 쥐어 보였다.

"지민아, 일단 된 거 같아. 결과는 시간이 더 지나야 하니까, 그만 집에서 쉬고 있어."

정 박사는 지민의 등을 토닥이며 출입문으로 돌려세웠다. 그 순간, 경고음이 들렸다. 신체 상태를 체크하는 기계에서 이상 신호를 감지한 것이다. 지민은 심장이 덜컥 내려앉는 듯했다. 어린 감염인간이 갑자기 온몸을 뒤틀며 떨기 시작했다. 연구원들이 다급히 감염인간의 몸을 체크하고 진정제를 투여한 뒤 반응을 살폈다. 그래도 감염인간의 심한 경련은 진정되지 않았다.

정 박사가 필사적으로 외쳤다.

"진정제를 더 투여해!"

박사의 지시에 따라 연구원이 진정제를 투여하려 했다. 또다시 기계음 소리가 들려왔다. 영혼이 빠져나간 듯 어린 감염인간의 심정지를 알리는 소리였다. 허탈함에 모두가 얼어붙고 말았다. 정 박사도 넋이 나간 모습으로 천천히 뒷걸음치며 실험실을 빠져나갔다. 지민은 아무것도 할 수 없었다. 다만 죽은 아이를 안타깝게 지켜볼 뿐이었다.

정 박사가 실험실 구석에 앉아 외롭게 흐느꼈다. 누구도 그 무거운 마음을 헤아릴 수 없을 것 같았다. 시간이 얼마 남지 않았다. 기존 치료제를 반복해서 투여받았던 감염인간들은 내성이 생겨 더 이상 치료제의 효과를 보지 못하기 시작했다. 그들은 서서히 죽어 가거나 낸즈로 다시 돌아갈 수밖에 없을 것이다. 지민은 무릎을 꿇고 앉아 정 박사의 눈물을 닦아 주었다. 엄마의 고통을 조금이나마 나눌 수 있다면 무슨 일이든 하고 싶었다. 지민은 엄마를 따뜻하게 안아 주었다.

"괜찮아요, 엄마. 수고하셨어요."

＊ ＊ ＊

슬럼가에 사람들이 모여 거리를 정리했다. 곳곳에 산처럼 쌓여 있던 온갖 쓰레기가 산업용 웨어러블 로봇들에 의해 어느새 흔적도 없이 치워졌고 쓰레기를 실은 대형트럭들이 연신 슬럼가를 벗어났다. 계엄령이 해제되고, 정부는 제일 먼저 슬럼가를 재건했다. 방위산업체 A 디펜스사와 자원봉사 단체들도 슬럼가로 몰려나와 재건을 도왔다. 어둠 속에서 숨어 지내던 감염인간들이 자원봉사자들의 도움으로 밝은 빛을 보게 되었다.

지민이 수척한 감염인간을 부축해서 치료 차량에 인도하고 돌아서자 재석과 재석의 어머니가 눈에 들어왔다.

지민은 멋진 슈트 차림의 재석에게 다가가 놀렸다.

"넌 뭘 해도 안 어울려."

재석이 지민을 발견하고 함박웃음을 지었다.

"엄마, 얘가 지민이에요."

재석이 지민을 어머니에게 소개했다. 재석의 어머니는 백합 같은 미소를 지으며 지민의 손을 덥석 잡았다. 처음 보는 재석의 어머니는 눈이 푹 꺼지고 깡마른 모습이었지만, 온화한 미소 때문인지 무척 인자한 모습이었다.

"어머니, 힘내세요. 곧 건강해지실 거예요."

"지금도 너무 좋은데, 뭘."

재석이 반색하며 지민의 말을 넘겨짚었다.

"뭐야, 지민아. 새로운 치료제가 완성된 거야?"

"야, 너무 오버하지 말고. 네 가슴에 있는 행거치프나 빼고 일해."

재석은 뭐가 좋은지 행거치프를 빼 들고 흔들며 어울리지 않는 춤을 췄다. 재석의 어머니는 그의 재롱에 또다시 함박웃음을 지었다.

지민의 시선에 누군가 들어왔다. 건강해진 박흥범과 그의 곁을 지키는 세리였다. 그는 한쪽 눈을 잃어 안대를 하고 있지만, 생기가 넘쳐 보였다. 그가 원하던 세상이 다가왔기 때문일 것이다. 지민이 다가오자 박흥범이 반갑게 안아 주었다.

"좋아 보이는데요. 이제 뭐라고 불러야 하나요?"

"뭐긴, 그냥 애꾸 아저씨라고 불러."

밀리터리룩을 입은 세리가 지민에게 뚝 한마디를 내던지고 자리를 떠났다. 세리가 다시 세리다워졌다.

"이 녀석아, 아빠한테 애꾸 아저씨가 뭐냐?"

"아빠요?"

"그래. 저 망아지랑 이제 아빠와 딸 하기로 했어."

지민은 고개를 끄떡이며 인연이란 거부할 수 없는 힘이 있다는 걸 새삼 느꼈다. 박흥범이 지민의 어깨를 가볍게 두들겨 주었다. 어찌 보면 이 세상이 변하게 된 건 그의 사명감과 여러 사람의 책임감이 모여 새로운 계기를 마련한 덕분이다.

"오빠!"

어디선가 나타난 아영이 달려와 지민의 품에 안겼다. 수용소에 수감되어 챙겨 주지 못해 늘 마음에 걸렸던 아영을 보게 되자 지민은 너무나 반가웠다. 지민은 동진과도 손을 맞잡았다.

"우리 아영이가 수용소에서도 환자들 돌보느라 고생이 많았어."

지민은 동진의 말에 아영이가 너무 대견해 얼싸안고 빙글빙글 돌았다.

"우리 꼬마 천사가 혼자 열일 했네."

아영은 만개한 꽃처럼 활짝 웃다가 지민의 귀에 대고 속삭였다.

"내 말이 맞지? 오빠는 구원자였잖아."

아니야.

지민은 마음속으로 여전히 자신이 구원자가 아님을 밝혔다.

건물 구석 쪽에서 작은 돌멩이 소리가 나서 지민은 발길을 돌렸다. 세리가 바닥에 있는 돌멩이를 발로 차고 있었다.

지민이 다가온 것을 슬쩍 확인한 세리가 볼멘소리를 했다.

"요즘 아주 바쁜가 보네. 연락해도 통 볼 수도 없고."

"그래, 좀 그랬어."

"그러시겠지."

토라진 세리가 등을 보이며 다시 돌멩이를 가볍게 차기 시작했다. 지민이 세리에게 바싹 다가섰다. 그리고 뒤에서 세리를 가만히 안아 주었다. 눈이 번쩍 커지며 잠시 움찔하던 세리는 숨소리도 죽여 가며 움직이지 않았다. 세리에게서 싱그러운 풀잎 향기가 풍겨 지민은 스르르 눈을 감았다. 순간이지만 영원처럼 느껴졌다. 그러다 왠지 모르게 서글퍼졌다.

지민이 세리에게 속삭이듯 말했다.

"나, 결정했어."

세리가 뒤를 돌아봤다. 지민이 웃고 있었다.

"얼마나 연습한 웃음이야?"

지민은 더 활짝 웃을 뿐 대답하지 않았다.

"조금 더 연습해. 아직……."

세리의 말이 채 끝나기 전에 지민은 천천히 멀어졌다.

"다녀와. 기다릴게."

세리는 담담하게 말했지만 목소리는 떨리고 있었다.

12

수술실로 들어가는 입구는 너무도 차갑게 느껴졌다.
하지만 온몸으로 느껴지는 한기와 달리 마음만은 따스했
다. 엄마의 손이, 간절한 마음으로 내 두 손을 꼭 붙들고
있었기 때문이다.

브레인테스트를 받기로 결심했을 때 엄마는 단호하게
만류했다. 조금 더 시간이 지나면 치료제가 나온다고 했
다. 엄마 말이 맞을 것이다. 분명 완전한 치료제가 만들어
질 것이다. 하지만 그러는 동안 소중한 사람들이 고통받
을 걸 알기에 더 이상 지체할 수가 없었다.

브레인테스트에서 좋은 결과가 나오면 내 면역항체를
이용해 치료제를 만들 수 있겠지만 항체를 뇌에서 뽑아내
야 하는 수술이기 때문에 목숨이 위태로울 수 있었다. 목

숨을 내걸어야 치료제를 얻을 수 있기에 또다시 아들을 잃을지도 모르는 엄마는 필사적으로 만류했다.

많은 일을 겪으면서 사람들의 희생이 헛되지 않게 행동하는 것이 내가 가야 할 길이라는 생각이 들었다. 막연히 생각하기만 했던 길을 이제 걷고 있는 것이다. 나는 목에서 목걸이를 빼내어 입을 맞추고 마지막으로 행운을 빌었다.

수술실 침대에 누워 두 눈을 감았다. 미련도 없고 후회도 없다는 건 다 거짓말이겠지만 분명한 건 죽으러 가는 건 아니었다. 나는 살기 위해 이 길을 선택했다. 머리를 고정시키는 수술 도구가 씌워지고 몸에 연결된 링거에 전신마취 주사약이 투여됐다. 나는 바로 정신이 혼미해졌다. 마지막으로 산소 호흡기가 부착되자 수술 팀의 의사와 간호사들이 분주하게 움직이기 시작했다.

눈앞에 희뿌연 모습이 형체를 드러냈다. 이곳은 어디지? 와 보지 않아서 알 수는 없지만 그래도 짐작은 되었다. 낯익은 사람들이 조금씩 보이기 시작했다. 그들은 하나같이 나를 보고 미소 짓고 있었다. 그들에게 다가가자 양쪽으로 길을 터주었다.

길 끝에는 두 사람이 나를 기다리고 있었다. 나는 두 사람이 누구인지 단번에 알 수 있었다. 기억 속에서는 사라졌지만, 마음속에는 언제나 함께했던 나의 엄마, 아빠였다. 감격에 겨워 손을 흔들며 두 사람에게 다가서려 하자 더 이상 다가갈 수가 없었다. 좀처럼 거리를 좁힐 수가 없었다. 엄마, 아빠는 나를 보며 흐뭇하게 미소 지었다. 나도 따라 미소를 지었다.

어느새 양쪽으로 길을 터 주었던 사람들이 한 사람씩 엄마, 아빠 주위로 몰려들었다. 그들 모두 나에게 손을 흔들며 인사했다. 그들은 서서히 빛 속으로 사라지기 시작했다. 마지막으로 엄마, 아빠가 사라졌다.

나는 자연스럽고 따스한 미소로 그들의 응원에 답했다. 그러자 잃어버렸던 어릴 적 기억이 모두 돌아왔다. 마침내 온전한 나를 찾을 수 있었다. 볼에 뜨거운 눈물이 흘러내렸다. 이젠 거울을 보며 미소 짓는 연습을 할 필요가 없어졌다.

작가의 말

2019년 초에 『감염인간, 낸즈』의 초고를 완성했습니다. 하지만 세상 밖으로 나오지 못한 채 2년 정도 잠자고 있었지요. 그러던 중, 코로나바이러스가 발병하고 한정영 선생님의 도움으로 우여곡절 끝에 책이 세상에 나오게 되었습니다.

『감염인간, 낸즈』는 가까운 미래를 배경으로 한 디스토피아 작품입니다. 변이 바이러스에 걸렸다가 치료된 감염인간과 바이러스에 걸리지 않은 순수인간의 대립과 갈등을 그리고 있습니다. 하지만 바이러스와 계급 갈등은 소재일 뿐입니다. 이 이야기는 희생에서부터 출발했습니다. 그리고 희생으로 끝을 맺어요. 제가 하고 싶은 이야기는 희생에 관한 이야기입니다. 거창한 주제는 아닙니다.

평소 우리가 인지하지 못하는 누군가의 희생으로 우리의 삶은 계속 진행된다고 말하고 싶었습니다.

현재 우리가 겪고 있는 코로나바이러스는 질병 역사상 가장 버거운 적일 겁니다. 이 위기를 온전하게 넘어서지 못할지도 모르지요. 게다가 미래에는 더 무서운 질병이 나타날 수도 있습니다. 하지만 아무리 암울한 상황이 다가오더라도 예전부터 우리는 많은 이의 희생으로 위기를 벗어날 수 있었습니다. 위기가 찾아오면 극복하고자 노력했고, 다시 그 일을 반복하지 않으려 최선을 다했습니다. 한 번도 굴복한 적이 없었어요. 가장 고귀한 희생정신으로 말이지요. 그래서 우리는 매일매일 감사하는 마음을 가지고 살아가야 하지 않나 생각합니다.

끝으로 출간에 도움을 주신 출판사 관계자분들과 한정영 선생님께 감사 인사를 드립니다.

그리고 지금도 코로나바이러스 방역으로 고생하시는 많은 관계자분께도 깊은 감사 인사를 전합니다.

문상온

감염인간, 낸즈
© 문상온, 2022

초판 1쇄 인쇄일 2022년 9월 6일
초판 1쇄 발행일 2022년 9월 20일

지은이	문상온
펴낸이	강병철
편집	최웅기 정사라 박혜진
디자인	서은영
마케팅	최금순 오세미 공태희
제작	홍동근

펴낸곳	이지북
출판등록	1997년 11월 15일 제105-09-06199호
주소	(04047) 서울시 마포구 양화로6길 49
전화	편집부 (02)324-2347, 경영지원부 (02)325-6047
팩스	편집부 (02)324-2348, 경영지원부 (02)2648-1311
이메일	ezbook@jamobook.com

ISBN 978-89-5707-256-1 (43810)